ざいさつアップル新書009

がんと生きる

JN195705

はじめに——病気を知り理解する努力大事

高橋賢司さんの大腸がん治療を担ってから、はや6年以上の月日が流れました。高橋さんはステージ（病期）４の進行直腸がんと診断・告知を受け、そこから複数回の手術と抗がん剤治療を乗り越えられて現在に至っています。世の中には、がん治療経験に関する数多の著書があり、事後的に書かれた成功体験として語られているものが多く見られます。しかし、将来どのようになるかわからないがん治療の最中に、自身の経過を語ることは非常に困難なことです。

この本は、余命１〜２年以内の可能性もある厳しい状況のなかで連載がはじまった、リアルタイムでのがん治療の経過を一冊にしたものです。メディアに治療の現状を露出することは、詳細を知らない方に治療内容を批判されるかもしれませんし、うまく治療効果が得られない場合には、記事を書くこと自体が治療を続ける上で大きな負担になるかもしれません。そのため新聞掲載の話が出た時は、患者・医師側ともに当惑しました。

最終的に掲載を承諾した理由は、新聞記者という職業が決め手でした。闘病記の執筆を通じてこれまで長く携わってきた仕事を続けられること、また自身の病状をある程度客観的に把握することができること、これらは長い治療のなかでプラスに働くと思いました。

こうして５年もの間、朝日新聞への掲載が続いたのですが、説明した病状が患者さんへどの程度伝わって理解できているのか、連載を見たがん患者さんがどのように感じているのか等、医師の立場としても多くのことを学ばせてもらいました。

北海道は進行がんで受診される方が多く、いまだ大腸がんを含めてがん死亡率の高い地域です。また、この広大な地域で標準治療・先進医療を安定して提供することに厳しい部分があるなかで、がん治療は現場の医療従事者の努力に委ねられているのが現状です。

患者の立場から治療を受ける上で大事なことは、医師任せにしないで自身でも病気を知り理解する努力をおこなうことです。われわれの場合は、高橋さんが大腸がんについてしっかりと勉強し、さまざまな葛藤のなかで積極的にがんと向き合って治療する道を選び、主治医を信頼すると決めて、私に治療を託してくれました。私はそれに応えるべく、高橋さんはあきらめずに治療を続けてきたからこそ、今があります。

この闘病経験談を通じて、がんの早期発見（検診等）の自己努力が必要であること、その時点で最善の治療を淡々と努力することの大切さを感じていただければと思います。

２０１８年２月

旭川厚生病院外科（主治医）　船越　徹

（注）４月から札幌厚生病院外科

目次

2012年（平成24年）

2013年（平成25年）

2014年（平成26年）

2015年（平成27年）

2016年（平成28年）

2011年
（平成23年）

3月に大津波を伴う東日本大震災が発生。
がん発症後の11月、朝日新聞の道内面に
同時進行ルポのコラム「がんと生きる」の執筆を開始。

1　晴天のへきれき

■「まだ進行段階」に光明

まさに「青天のへきれき」だった。6月、思いもよらず「大腸がん」が見つかり、がん患者になった。64歳と8カ月だった。

それまで自分の健康を自負して仕事を続けてきた。そろそろ体にがたが来る頃かなと思っていたところに、医師から「がんの疑い」を告げられた。衝撃だった。がんと向き合う人生の始まりだった。

告知は、JA北海道厚生連の札幌厚生病院で受けた。診断名は「直腸がん、同時性多発肝転移」。詳しくは、こうだ。

大腸の肛門《こうもん》近くの直腸の内壁にぐるっとがんが巣くって腸管が細くなり、このままだと便が詰まって腸閉塞《へいそく》を起こしかねない。速やかに切除手術した方が良い。がんは直腸から肝臓へも遠隔転移している。こちらも切除しなければならない——。

がんの進行度を示す病期は最も進んだ「ステージ4」。「継続的に化学療法ができた場合、2年生存率50％」だった。

□　□

家族同席で説明を受けた。転移がショックだった。しばらくは「そんなにひどいのか」という落胆と「どうしてこんなことになったのか」という後悔の念が交錯した。

がんは命を脅かす病気で、日本人の死因のトップだ。「不治の病」や「死」という言葉を意識してしまう。今では切除手術や術後の治療で完治する人もいるから「不治の病」は当たらないが、転移しているので、どうしても「命の限り」が気になる。

「ステージ4だと末期がんかなあ」と当初は勝手に思い、病室では「この先をどう生きるか、覚悟を決めなければいかんか」と内心は穏やかでなかった。

しかし、医師から「まだ進行がんの段階だ」と聞かされて光明が見えた。直腸がん切除後に肝がんの完全切除と抗がん剤による化学療法を続ければ、「術後5年以上生存33％の仲間入りも可能だ」と励まされた。

テレビのキャスターなどで活躍している鳥越俊太郎さんが、大腸がんと肝転移・肺転移の手術を重ねて今も健在なことを家族が買ってきた彼の著作「がん患者」を読んで改めて知った。これまでの検査で肺転移は見つかっていないが、肝転移までは鳥越さんと似たようなものだ。テレビで見る鳥越さんの元気な姿が、「生きる力」を与えてくれた。
鳥越さんに倣い、「がんを抑え込みながら共存する生き方」を目指すことにした。

□　□

がんが見つかって1カ月余りが過ぎた7月初め、直腸がんの手術をし、肛門から10センチほど奥に巣くったがんを切除した。幸い、肛門は残り、手術後の傷の癒着もない。へそから下腹部へ縦に約20センチを開腹したが、手術から11日目に退院し、仕事に復帰できた。

退院から約4カ月の今も頻便などで排便のコントロールに難儀するが、時間の経過とともに元に戻りつつあり、普段の日常生活が送れるようになってきた。

気になるのは転移肝がんの今後だ。今のところ、肝臓以外に明らかな転移は見つかっておらず、切除可能な場所に病変があるため、11月下旬に切除手術をすることになった。

2 腫瘍マーカーの検査

■5月の健診で異常値

「がん」の発見は、11年5月に受けた会社の春の定期健診がきっかけだった。半年ごとの健診で、ここ3年ほどは赴任地の岩見沢市の市立総合病院市民健康センターで受診していた。

年齢が高くなるにつれ、がんで亡くなる知人らが増えた。しかし、自分には親や兄妹にがん患者はおらず、102歳になる母は今も歩行器があれば老健施設の中を歩けるほど元気だ。だから、がんとは無縁だと勝手に思い込んでいた。ただ、友人らの勧めで、09年秋から定期健診の際に毎回、自己負担で腫瘍《しゅよう》マーカー検査を受けていた。

マーカー検査は血液を採取して調べる。検査項目と内容はPSA（前立腺がん、前立腺肥大）、AFP（原発性肝がん、肝炎、肝硬変）、CEA（結腸がん・胃がん・膵（すい）がんなど消化器系がん、甲状腺がん、肺がん）、CA19—9（膵がん、胆のうがん、胆管がん、胃がん、大腸がん）の四つ。費用は1検査1700~2520円だ。

それまではすべて基準値の範囲内が続いていたので安心していた。しかし、この5月の検査では、CEAの数値が基準値上限の3倍の異常値になっていた。CA19—9は基準値の範囲内だったが、前回より上昇していた。5月末、センターから精密検査を受けるよう通知が届いた。

年明けから腹の調子が悪かった。便が細くなり、残便感があり、腹が張る。明け方、腹がごうごうと鳴って目覚める日もあった。

便器内の水に鮮血が1滴浮いていたこともあった。医師に何回か診てもらったが、「もう少し様子を見ましょう」と精密検査までには至らなかった。

だが、これが大腸がんの活動を知らせる体からのサインだった。精密検査を受けるため、岩見沢市内の内科・消化器科医院を訪れた。

3 内視鏡で「対面」

■診断結果に強く動揺

6月8日、岩見沢市内の内科・消化器科医院。直腸の内壁に巣くった「がん」と、内視鏡カメラで撮影した写真で初対面した。

パソコンの画像を硬い表情で見つめる男性院長。横から画像を見ながら、のどが渇いた。声がかすれそうになりながら「がんですか？」と聞いた。院長は「断定はできませんが……」とうなずいた。

がんに対する知識は無に等しい。死につながる怖い病だという程度だ。命を脅かす病にかかった――。青空ににわかに鳴り出した雷のような衝撃が、体の中に響いた。

「肛門から10センチほど奥に大腸を狭めている潰瘍《かいよう》があります。このままファイバースコープカメラを通したり、組織を採取したりすると出血の恐れがある。紹介状を書くので、輸血など出血に対応できる大きな病院で再受診して下さい」。院長はそう言い、看護師が岩見沢市立総合病院の予約を取ってくれた。

医院を出るとき、虚脱感で体が重かった。

翌日、写真を携えて岩見沢市立総合病院の内科を訪れた。データを見た女性医師は「大腸がんにほぼ間違いないですね。狭まった穴が便で塞がると、腸閉塞の緊急手術になって大変。そうなる前に全身検査をした方がいい」と入院を勧めた。入院期間は検査と手術で1カ月ほどになるという。

2日間で医師2人が「大腸がん」とほぼ断定した。大変だ。単身赴任中だし、それなら自宅がある札幌市の病院ではだめなのか。女性医師が「希望の病院はありますか」と言うので、通院しやすい札幌厚生病院を挙げた。

「そこなら地域医療連携のシステムで、ここから予約を入れられます。紹介状も書きます」

しばらくして「13日午後になりました」と、岩見沢市立総合病院の地域医療連携室から背を押すような連絡があった。

4 告知「断定、転移も」

■説明納得「任せるのみ」

6月13日、札幌厚生病院の消化器科。内視鏡の写真を見たひげが特徴の医師は言った。

「私の18、19年の経験から99・9%、典型的な大腸がん。組織を検査しないと断定できないが、どっちみち手術は必要です。大腸の細くなった穴は塞がると大変。大至急やらないと」

その場で翌14日の入院が決まった。検査は入院初日から。（1）胸・腹部のCTスキャン（2）MRI（3）大腸の内視鏡・注腸ガストロ検査（4）胃の内視鏡検査（5）超音波（エコー）検査などだ。

がんで狭くなった部分の内視鏡検査は、傷をつけないように大人用でなく小児用が使われた。このころ、便は出ても小指の太さくらい。次第に出なくなっていた。

結果と告知は24日、家族同席で聞いた。ひげの医師が細かく説明してくれた。

「内視鏡で採取した組織の病理検査では、直腸がんと断定です。MRI検査では、肝臓に4カ所ほどの転移があります」

「直腸がんは肛門から10センチほど奥で奥行き4～5センチ。内壁のほぼ全周に広がり、細くなった穴の直径は約1センチしかありません」

丁寧に疑問にも答えてくれ、30分ほど続いた。

「大腸がんの抗がん剤はたくさんあってよく効きます。肝転移の治療は手術と抗がん剤の併用になるかもしれません。大腸から血流に乗って転移したので抗がん剤の種類は同じです」

不安にかられ、ベテランの医師に手術を頼めないか、と家族が聞いた。

「誰が執刀しようと、チームで情報を共有しながらやっているので大丈夫。私のおやじもここで大腸がんの手術をして元気です。心配は要りませんよ」

ひげの医師は笑顔で答えた。「なるようになるだけ。任せるしかない」。気持ちは、まな板の上のコイになっていた。

5 後悔の念

■あの頃、検査受ければ

6月24日、札幌厚生病院で主治医になる外科医長の船越徹医師(36)から初めて説明を受けた。今後は、直腸がん手術→転移肝がんの切除範囲の検査→肝がん手術の順になるという。

がんはいつできたのかを尋ねた。「大きさからして発生は5～10年以上前」。後日の説明では、「1～2年前に明らかな腫瘤《しゅりゅう》ができていた。2～3年前にはすでに早期がんの状態、ポリープ段階は5～10年前にあったと思われる」。

そんなに前だったのか。

大腸がんと分かった後だったが、ベテラン看護師から次のような話を聞いた。「40代になったら内視鏡検診を受ける。大腸がんは進行が遅いから異常がなければ次は3年後」言葉が、ずしりと響いた。過去に一度も内視鏡検診をしていなかった。告知を受けて以来、後悔の日々だ。

何でがんになったのか。

船越医師によると、食生活の豊かさが大腸がんの増加と関係しているという。後日、本やインターネットで情報を探していたら、1日中パソコンの前にいるような生活をしている人は大腸がんになりやすいとあった。加えて運動不足で内臓脂肪の多い人はリスクが高いという。

仕事柄、似たような生活で、昼も夜も外食ばかり。飲酒も毎晩だった。

ポリープ段階だったとみられる頃を振り返った。10年ほど前は、北方領土・国後島の火山「爺爺岳（ちゃちゃだけ）」の日ロ共同学術調査の企画・取材でロシア側などと1年がかりの交渉を担っていた。当時は50代。仕事が面白かった。5年前は、夕張市が財政破綻《はたん》した頃だ。前後1年ほどは、頻繁に車で夕張に取材で通った。腸の調子が悪くても深く考えなかった。健康に注意すべき年齢に達していたのにおろそかにしていた。

今さらだが、あの頃に内視鏡の検査を受けていれば早期発見できたのかもしれない。

6　手術直前

■恐怖　質問の気力失せ

手術待ちの患者が多いと聞いていたが、大腸がんの手術は7月5日に決まった。腸閉塞を起こす懸念からか、意外に早かった。

手術を前に6月27日からがんが転移した肝臓の検査があった。まず肝機能。翌28日には、放射性物質（ラジオアイソトープ）入りの薬を注射して、肝臓の予備能を調べる核医学（アイソトープ）検査。GSA（アシアロ）シンチとも言う。

7月1日、外科病棟に移った。ベッドの名札には、主治医の船越医師のほか、外科の最高責任者の副院長と2人の医師の名前。4人がチームで担当することを知った。

その後は日をおいて、麻酔医による全身麻酔の説明や手術担当の看護師との面談などが続いた。

手術前日の同4日。執刀する船越医師と家族同席で面談し、図解で手術の説明を受けた。がんがある場所は直腸。約2メートルの大腸が腹の中をぐるっと回って下部で直線になって肛門につながる最後のカーブ付近だ。へそ横から下腹部へ縦に約15センチを開腹し、がんのある部分の腸管をそっくり20センチほど切る。切除後の大腸をつなぐのは自動縫合機だ。手術は2時間半の予定という。

術後の排尿・排便障害などのリスクや合併症などの説明もあったが、その頃には、質問する気力はなくなっていた。体をメスで切られる恐怖がわき上がっていたのだろう。

病室に戻った後、家族から「お父さん、きちんと内容を理解できた」と聞かれた。動揺していたのかもしれない。

その夜、末期がんで治療の施しようがなく今春死んだ飼い犬の北海道犬モモの最期を思い出し、こうメモに書いた。

「モモを4月4日に病院で死なせたことを思う。診療台にあげられて騒がず静かに……。どんな心境だったのか」

7 手術の後

■家族と対面し、ほっと

手術日の7月5日。午前9時に迎えの看護師と歩いて6階の病室から3階の中央手術室へ。「頑張って」という家族の声に送られて中に入った。

緊張が高まった。手術台に上がり、背中から硬膜外麻酔。仰向けに寝て全身麻酔。あっという間に眠ってしまった。

午後1時ごろ、名前を呼ぶ看護師の声で目覚めた。

手術室近くのリカバリー室に移り、家族と5分ほど対面した。互いにほっとした。

寝返りを打つだけで傷口がものすごく痛いのに、翌日にはもう歩行訓練が始まった。

術後5日目。主治医の舩越医師から説明があった。

「わずかにがん細胞が腸管を破って腹腔《ふくくう》内に漏出し、転移が虫垂の間膜の先にあったので切除しました。見える部分にがんはなくなりました。でも、腹膜転移があったので、次の肝転移の手術は腹膜再発を含めて肝臓以外に病変がないことが条件です」

「腹腔内に転移が何カ所もあったらどうなったのか」と問い返しそうになったが、「いや、悪い話は聞きたくない」と自分に言い聞かせてマイナス思考の言葉をのみ込んだ。

主治医の説明は続く。

「肝臓のがんも、切除すれば3～5年の延命は可能です。あるいはもっとかもしれません。長くも短くも、大腸がんとは一生つき合っていくしかないと思ってください。人によっては人生を振り返る時間すらない方もいますが、高橋さんには時間は十分にありますので、人生観を含め、今後の生き方を少し視点を変えて考えてみてください」

退院後はまず、抗がん剤治療を始めることになった。

家族によると、今回の手術で切除した腸管やリンパ節などの量は、片手では持てないぐらいだったという。数日間、寝返りを打つと腸がごろんと動き、奇妙な感じだった

8　家族の助け

■素早い情報収集、力に

直腸がんを切除したので、便をためる直腸の大部分がなくなった。そのせいか、しば

らくは便が小出しになり、便意がすぐに訪れる頻便や不意の排便が続いた。

その一方、抗がん剤の副作用に耐えながらも、「がん患者です」と告げなければ相手が気づかないほど元気に過ごすことができた。

患者の中には治療のつらさなどから、心まで病気になる人もいると聞く。めげずに明るさを失わなかったのは、前向きに支えてくれた家族のおかげだ。

家族は「がんの疑い」の段階から病院や医師の選択、治療法などについて対応が素早かった。本やインターネットには医師の「知名度」から病院の「手術数」まで多くのデータが載っている。私は大病の経験がなく、病院にも疎い。病院通いに慣れている妻や娘たちの整理された情報収集と助言に助けられた。書籍はみるみる増えた。

家族の勧めで始めたのが免疫力を上げることだ。自然治癒力を高めてがんを抑え込むのと、抗がん剤の副作用に耐えられるようにするためだ。

自家製ニンジンジュースとビタミンCの粉末を毎日飲むことになった。食材の選択も免疫力を高めるものが優先だ。

妻と娘は札幌市内の占師も訪ねた。術後の経過は順調でも、やはり先行きが不安だったという。娘の将来を当てたことのあるタロットカード占いだ。

妻が「夫ががんになりました。いかがでしょうか」と聞くと、中年男性の占師はカードの絵柄を見て、「ご主人は大変な状況にもかかわらず、負けない運気のカードが出ている。来年は奥さんの運気も強いね」と見立てたという。

妻は「患者の中でも回復が一番いい」と主治医が言っていたことを思い出し、「肝転移の手術もうまくいきますように」と念じてくれた。

9 若い主治医

■誠実さに不安消える

がんは命を脅かす病だから、患者や家族にとって病院や医師選びは大きな問題だ。有名医師を指名して手術を受ける人もいるぐらいだから、私の家族も有名病院のベテラン医師が頼りになると考えていた。

だが、手術前の説明で家族の目の前に座った執刀医は36歳の舩越医師。娘たちと同世代の若さだったため、家族は少し不安に思ったようだ。

しかし、要点を押さえた話し方、時間をかけて疑問にも丁寧に答える姿勢などが家族の不安感を消し去った。「誠実さを感じた。あの先生なら大丈夫」とまで娘たちは言っていた。

船越医師は約3時間の手術を終えた直後、疲れも見せずに青い手術着姿で切除した大腸がんを示して家族に説明をした。

手術を受けた札幌厚生病院は外科の手術件数が毎年900件を超える。うち半分以上ががんだという。外科医長としてその一翼を担う船越医師は医師キャリア10年目だ。父親も外科医だった。学生時代は剣道やラグビーをやっていたスポーツマン。今も病院の階段を2段ずつ駆け上がる、笑顔のいい、元気な医師だ。

船越医師に「がん告知」の気遣いや患者との信頼関係の構築についてメールで尋ねた。

「告知は基本的に事実を隠さず説明することが原則です。がんを隠されているよりも、それをきちんと説明され、受け止めることで、患者さん自身はしっかり頑張れるようです。ただし、個々の生活・仕事環境、病気の状態が違うので、最初の会話である程度状況を考慮して話し方を考えていきます」

船越医師はこうも言った。

「自分自身はがん患者ではないので、本当の意味で患者さんの気持ちを理解できてはいないこともわきまえて、半端な同情や偉そうな態度をとらないように気をつけています」

10 重い治療費

■保険の給付金で賄う

大腸がんが見つかる3カ月前の3月、飼っていた北海道犬モモに末期がんが見つかった。悪性黒色腫だ。X線写真で見ると、肺に転移した球状のがんは数え切れない。「老齢だし、治療の施しようがない」と獣医師。免疫力がつくと聞いた九州のミネラルウオーターを取り寄せて飲ませていたが、4月に死んだ。14歳だった。残ったミネラルウオーターは、追うようにがん患者になった私が飲んだ。

大腸がん切除後、抗がん剤による化学療法が8月から始まった。転移肝がんの縮小などを狙ったものだ。抗がん剤4種類を組み合わせる。点滴の針を刺す「ポート」と呼ぶ器具を左鎖骨の下の皮下に埋め込み、化学療法室で点滴を2〜3時間受けた。その後、自宅で点滴を続ける携行ポンプを身に着けたまま帰り、約46時間後に終了を確認して針を抜く。11月4日まで2週間ごとに7回繰り返した。

副作用は全身のだるさや手足のしびれ、頭の発疹・かゆみなどで現れた。初めは軽かったが、次第にひどくなった。脱毛もある。薄くなった髪に妻は「治療前の半分に減った」という。

ところで、6月～11月中旬の治療費はいくらかかったのか。病院の窓口で支払った総額（患者負担額）は約115万円。うち入院・手術費が約44万円。抗がん剤治療費は8月からの7回で約63万円だから、1回5万5千～11万円ほどだった。日本は国民皆保険で高額療養費制度があり、3カ月後から月別に還付が始まったが、まだ8月分までで計約28万6千円。経済的な負担の大きさに驚いた。幸い医療保険と生命保険の特約から手術・入院の給付金が出たので助かっている。

11 抗がん剤療法

■転移切除へ闘い続く

直腸がんの切除手術を7月5日に終え、8月1日から第2ハードルの肝転移の切除に向けた抗がん剤療法が始まった。

大腸内からがんがなくなってひと息ついたが、肝臓にはまだ転移したがんが巣くっている。時間の経過とともに大きくなっていくのではという不安と、切除できるなら一日でも早くという思いが日々交錯した。

事前のMRI検査などで、転移は4カ所ほど。抗がん剤療法は、この肝転移巣の縮小・腹膜再発の抑制などが目標だ。

選択された治療法は「mFOLFOX（フォルフォックス）6」。治療薬は、がん細胞の増殖を阻止して死滅させる効果がある5―フルオロウラシル（5―FU）にオキサリプラチン（商品名エルプラット）、がん組織へ栄養や酸素を補給するための血管新生を妨げる分子標的治療薬のベバシズマブ（同アバスチン）などだ。5―FUは帰宅後も携行のポンプで点滴を続ける約46時間の注入なので、1回が足かけ3日間かかる。手術まで、この治療を2週間ごとに7回繰り返した。

抗がん剤は「毒をもって毒を制す」なので、正常な細胞も攻撃する。このため、肝機能障害などが出た。オキサリプラチンによる副作用は、冷気や冷たいものに触れると手足の先がしびれる形で現れた。

5回目の10月7日。そろそろ抗がん剤療法の効果が出るころと思っていた矢先、腫瘍マーカーの数値が一段と上昇して悪化したことが分かった。

グラフで見ると、CEAもCA19―9も入院時の数値の約3倍に上がっていた。特にCEAは基準値上限の約12倍だ。「効果は不十分。肝転移巣が大きくなっている可能性もある」と主治医の船越医師は言った。

がっかりして、言い知れぬ不安がわき上がってきた。

がんが大きくなっているのかどうか。MRIとCTスキャンで肺から骨盤にかけて画像撮影し、診断することになった。

12 転移肝がんの手術

■今度は4時間、緊張

腫瘍マーカーの数値が一段と上昇したことが判明してから1週間後の10月14日。主治医の船越医師は意外な事実を告げた。

「肝転移は画像では縮小しています。他には明らかな再発病変もありません」

大きなものでは、26ミリから18ミリに縮小していたという。船越医師は話を続けた。

「腫瘍マーカーの数値が上昇しているので肝臓以外の再発を否定できません。ただ、治療効果の判定は最終的に画像ですべきです。抗がん剤だけで転移巣を消滅させることは難しいことも考えて、手術すべきかを判断しなくてはならない」

10月下旬から肝臓以外の転移などを確認する検査が始まった。11月4日、腫瘍マーカーの再検査結果では、数値がＣＥＡ、ＣＡ19―9とも基準値上限近くへ大幅に急降下していた。

「これだけ下がれば、がんをコントロールできていると考えられる。手術に挑戦してもいいと思います。何で急激に下がったのか分かりません。他人の数値かと思って見直しましたよ」

船越医師の明るい表情と弾む声にこちらもほっとした。

船越医師は「執刀は今回も私でいいですか」と聞いてくれた。

「もちろんです。私の体の状態を知っているのは先生ですから、ぜひお願いします」

手術は11月21日と決まった。札幌厚生病院への再入院は同17日。妻と一緒に船越医師から図解で手術の説明を受けた。

みぞおちからへその少し上部へ、そこから右の肋骨《ろっこつ》の下を脇腹方向へと逆Ｌ字形に切開する。がんは肝臓の下部に近接して並ぶ2カ所と、縮小して見えづらい可能性がある上部の2カ所。切除予定部分に近接する胆のうも摘出する。ただし、明らかな腹膜再発があれば肝切除の対応は難しくなる――。

手術は約4時間の予定という。今度は大手術だな、と緊張が高まった。

13 勝負はこれから

■父の年齢超え　目標に

直腸がんの手術から4カ月半余り。11月21日、待ち望んだ肝転移の切除があった。午前9時過ぎに手術室へ。全身麻酔で眠り込み、目覚めたのは午後4時ごろだった。回復室で対面した妻によると、手術は予定より1時間半も延びて5時間半。術後、執刀医の舩越医師が示した切除した肝臓は、チョコレート色の三角形の切片が四つ。がんは黄土色だったという。

数日後、舩越医師は「見えるがんはなくなりましたが、細胞のレベルではまだあるかもしれません。様子を見続ける必要があります。術後1年以内の再発が多いのです」と話した。

「あと5年生きれば、おやじの死んだ年齢の70歳。超えられますか」と聞いてみた。

「それを目標にするのがいいでしょう」

後日、船越医師が改めて手術内容を説明してくれた。

「肝臓が予想以上にもろく、出血しやすい状況でした。手術中の肝臓造影超音波検査で裏側の奥にあった影の切除を追加したため、時間がかかりました。影は肝血管腫と分かり、転移でなくて良かった」

前回の手術では開腹後、腹腔内に虫垂転移が見つかった。今回は新たな病変、腹膜の再発病変もなかった。長時間の手術に対応してくれた医師・スタッフに感謝の気持ちでいっぱいだ。

術後11日目の12月2日に退院。2週間後の16日、術後最初の腫瘍マーカー検査で、術前は基準値の約2・5倍も高かったCEAの数値が基準値範囲内の半分の位置に、基準値内だが高かったCA19―9もさらに下がった。心底ほっとした。

がんを抑え込み、ともに生きるスタートラインに立てた。これからが勝負の本番だ。

2012年
（平成24年）

闘病2年目。春、主治医の室蘭市への転勤に伴い転院。抗がん剤療法と併行して東洋医学での補助療法や湯治など始める。暮れに肝転移が再発。

14 思い浮かんだ風景

■玉川温泉と寂聴さん

11年6月のがん告知から7カ月。新年を迎えて、改めて闘病の日々を思い出した。がんの進行度は最も進んだ「ステージ4」と告知された。そのころ病室で毎日のように思い浮かんだことがある。

一つは秋田県の玉川温泉の風景だ。地熱のある岩場で温熱浴（岩盤浴）ができ、がんに良いとされる。ゴザを持って寝場所を探す自分の姿を想像した。

もう一つは岩手県二戸市の天台寺で聴いた瀬戸内寂聴さんの般若心経の読経だ。経文の意味も分からないまま初めて唱和したが、寂聴さんの力強い透き通る声が思い出された。何かにすがりたいという思いが想起させたのかもしれない。

同7月に原発巣の直腸がん、11月に肝転移したがんを切除した。腹部に残る2カ所の大きな傷痕は、命を永らえられる可能性を与えてくれた代償だ。

手術後の治療は抗がん剤の投与がメーンだった。肝転移の縮小や腹膜転移切除後の再発の抑制などを目標に、昨年は2週間ごとの抗がん剤の点滴注入を12月まで8回続けた。

抗がん剤の副作用は食欲不振、吐き気、倦怠感《けんたい》などさまざまな形で出る。がんの種類や薬の体内蓄積度、患者の体質などで軽重に差がある。12月16日の8回目は、点滴注入中の抗がん剤の1種類であるオキサリプラチン(商品名エルプラット)にアレルギー反応が起きて中止された。注入から5分ほどで頭にかゆみや湿疹が多発したためだ。

気になるのは、手の指先と足先のしびれ。筆圧が安定せず字が乱れ、シャツのボタンがかけにくくなった。主治医の舩越医師は「オキサリプラチンの投与を中止したので、これ以上しびれが悪化することはないと思います。ただ、完全にしびれが消えるまでには半年、長ければ1年くらいかかるかもしれない」と話している。

15 再び抗がん剤治療

■再発防ぐ息長い闘い

体の中から明確な形のがんはなくなった。この先は、再発させないために息の長い闘いになる。

今後の治療はどうなるのか。主治医の船越医師はこう説明した。

「(昨7月の直腸がん切除手術の際に見つかった)腹膜転移の再発防止や血液中に残るがん細胞をたたく抗がん剤治療を、最低でも半年、できれば1年は続ける必要があります」

今までの「mFOLFOX6」療法による治療は計8回。がんを縮小させるなどの効果はあったが、手足のしびれなど副作用は強くなってきた。

年明けから薬剤の一部を変更した「FOLFIRI(フォルフィリ)」療法に移った。

この二つは「日本での『大腸がんの標準治療』に位置づけられている」(国立がん研究センター)。

1月6日。変更後の1回目の治療が予定されていたが、白血球数が基準値の範囲の下限より少なかった。白血球が減少すると、体の抵抗力が落ちて風邪など感染症にかかりやすくなる。白血球数の回復を待つため、抗がん剤の投与は20日に延期された。

白血球の数は基準値内に戻り、20日に入院して治療をすることになった。薬剤の投与はこれまでと同じく足かけ3日間の点滴を継続した。

副作用が出ていないか、体調に異状はないかと医師や看護師が注意深く観察する。この間、看護師から「抗がん剤を腎臓にためないように水分を補給することが大切です。尿にしてどんどん出したほうが体にいい」という助言を受け、水をかなり飲んだ。

退院は23日。今度の抗がん剤では、脱毛はどの程度だろうか。今度こそ帽子が必要かなあ……。帰路、あれこれ想念がめぐった。

16 東洋医学との出会い

■漢方で免疫力を補う

「漢方薬も飲んでほしい」

2度目の手術成功後、妻がこう言うようになった。

体の中からひとまず、がんがなくなり経過観察中の身になった。だが、油断はできない。どこかに潜んで再発や転移しないとは限らない。抗がん剤治療は欠かせないが、妻や娘は東洋医学も活用し、がんに負けないライフスタイルを考えていた。

妻が予約を入れたのは、長野県佐久市の水嶋クリニックだった。水嶋丈雄院長は佐久総合病院で勤務し、中国にも留学した経験がある。西洋医学にも東洋医学にも精通した医師だ。漢方薬で体の免疫力を高めて抵抗力をつけ、将来、がん化するかもしれないがん細胞を抑え込む治療方法で知られている。

北九州市に住む妻の兄が、5年ほど前に尿管がんの手術を受けた。抗がん剤の副作用に苦しみ、行き着いたのが水嶋クリニックだった。今も通院して漢方薬を飲み、再発はないという。妻がこだわる最大の理由だ。

11年12月下旬、初めて佐久へ。水嶋医師はこう言った。

「がん治療は西洋医学で続け、そこで落ちた体力や免疫力を東洋医学で補うのがいい」

当面、主に野草の16種（センキュウ、ケイヒ、キキョウ、シャクヤクなど）の煎じ薬（生薬）を飲むことになった。鍼灸《しんきゅう》治療もあった。

札幌に戻り、主治医の船越医師に説明したところ、「抗がん剤の効果が判定しづらくなったり、副作用が起きた時の原因が断定できなくなったりする可能性があるので、不必要な薬剤はできるだけ避けて下さい」と渋い表情だった。しかし、野草中心の処方箋《せん》を見せると、「まあ、これならいいでしょう」とうなずいた。

17 大雪に見舞われて

■除雪困難、同僚が救援

「大雪で大変でしょう」

この冬、がん治療の見舞いや激励の温かい言葉とともに、こうした声もかけられた。勤務地の岩見沢市の豪雪は12年になってもすごかった。集中的な大雪に何度も襲われた。低温が続いたので雪はなかなか解けない。積雪は2月10日に208センチに達し、最深記録が42年ぶりに書き換えられた。道路の雪山は、至る所で高さ3メートルを超えて連なった。

大腸がんの肝転移の切除は11年11月21日。みぞおちからへその上部へ約11センチ、さらに右の肋骨の下へ約20センチの逆L字形に開腹する手術だった。12月2日の退院後も縫合した傷がじーんとしびれてひりひり痛み、弱まりながらも翌12年の2月まで続いた。

仕事は、体調や傷の回復具合をみながら昨年12月下旬に復帰した。最初の大雪に見舞われたのは、ちょうどその頃だった。

札幌厚生病院への通院治療の際に、主治医の船越医師に雪かきについて聞くと、「重い物を持つなど腹筋を使う作業は控えて下さい。除雪作業はだめです」と厳命された。玄関前だけでもと雪かきをしてみたが、抗がん剤の副作用による指先や足のしびれが、寒さで増して続けられなかった。体力も落ちており、退院後の2～3カ月はやはり無理はできないと安静を続けることにした。

そんなことはお構いなしに、雪は猛烈に降った。1月には自衛隊が除排雪支援に災害出動。2月は走行中の特急列車が視界不良で線路上に立ち往生した。

支局事務室の屋根の積雪は2メートル余り。2月8日の猛吹雪では1階の一部の窓が埋まり、室内がかまくらの中のように薄暗くなった。除雪業者は忙しくて来ない。道内での生活は長いが、その量に恐ろしくなった。北海道支社長ら同僚が翌日、除雪に駆けつけて救ってくれた。

雪かきができない一人暮らしのお年寄りの心細さを思った。

18 副作用に耐えて

■回重ねるごとつらく

昨年7月と11月のがん切除手術とその後の抗がん剤治療「mFOLFOX6」療法で、見えていたがんはなくなった。

今は「がん患者」と告げなければ、相手が気づかないほど健康を取り戻せた。がんの進行度の最終段階「ステージ（病期）4」から、よくここまできたと思う。

その一方で、手術後の今年1月から再発防止のために始めた抗がん剤治療「FOLFIRI」療法の副作用が、回数を重ねるごとにつらくなってきた。イリノテカン、5―フルオロウラシル（5―FU）、レボホリナートの三つの抗がん剤を併用する療法で、投与3日間、休み11日間のスケジュールだ。

2週間ごとに札幌厚生病院へ。血液検査のための採血後、舩越医師が白血球の減少などをみて投与か延期かを決める。白血球が少なく、1週間の延期も時々ある。投与は吐き気防止剤の点滴注入から始まる。

副作用は、がん細胞とともに正常細胞が攻撃されるので起きる。今回のつらさはイリノテカンの影響のようだ。

注入30分後には神経が興奮して体が熱くなり大汗をかく。鼻水も出る。2時間ほどで治まるが、次に吐き気や食欲不振、全身倦怠感などが始まる。この薬に特徴的な下痢は軽い。

1日目の夜は神経が興奮して寝付けない。2~4日目は悪寒や頭が重い症状も加わる。ただ、横になれば眠れるので助かる。5日目から症状が弱まり、6日目にはうそのように頭も体も軽くなる。

「副作用がつらくて抗がん剤を止めた」という話をよく耳にする。つらさに耐えてはいるが、今回は体が抗がん剤を嫌がっていることを強く感じる。

この療法は3月30日で5回目を終えた。折り返しだ。「今度の方が脱毛する」と言われたが、頭髪はそれほど抜けてない。これにはホッとする。

19 再発の不安

■CT検査「転移なし」

今の最大の心配は、腹膜や肝臓、肺での再発だ。

大腸がんの解説本には「再発とは、手術の時に見えなかった小さな『転移』が、あとで大きくなってきたもの」。そして、こう続く。

「残っているかもしれない目に見えないがん細胞を抗がん剤で退治したりするが、それでも生き残っていると、徐々に大きくなって再発を起こす」

主治医の船越医師は説明する。「転移が出るとすれば血行転移の可能性が高いです。抗がん剤治療の狙いは、今のうちに血液中のがん細胞をたたき、再発の危険を減らすことです」

がんの進行度は最終段階の病期「ステージ4」だったから、再発率も高いのでは……。つい考えてしまう。

飼い犬の北海道犬モモが死んで4月で1年。死因は末期がんの悪性黒色腫だった。死ぬ1カ月ほど前、歯茎に突然、腫瘍が出現した。がんと分かったが、すでに肺全体に転移していた。このところ、携帯電話のCMの北海道犬を見ると思い出す。

「飼い主の病気は死んだ犬が全部持って行くとよく言うじゃない。再発はしないよ」

友人たちは、そう励ましてくれる。写真のモモに「本当にそうならうれしい」と話しかけている。

再発の早期発見には定期検査が頼りだ。血液検査による腫瘍マーカーの測定のほか、CTや胸部X線などは術後2、3年間は3～6カ月ごと。それ以降は5年を過ぎるまで半年ごとに検査や診察を受けるのが一般的だという。大腸の内視鏡検査は1～2年ごとだ。

造影剤を注射してドーム状の機械の中を行き来しながら、体に放射線を当てて輪切りにしたような画像で診断するCT検査は、1月と3月に受けた。

「転移は見られません」。船越医師の言葉にほっとした。腫瘍マーカーも基準値内だ。

20 漢方薬の併用

■この冬は風邪ひかず

3月1日。東洋医学でがん細胞を抑え込む治療をしている長野県佐久市の水嶋クリニックを再訪した。11年12月下旬に続き2回目、2ヵ月ぶりになる。

「抗がん剤治療を続けながら、弱った体の免疫力を漢方薬で高めてほしい」

妻の願いに応え、好きな旅が病状にもいいかもと2人で出かけた。

抗がん剤療法は副作用で白血球が減少するので、体の免疫機能が低下する。気を抜かずに風邪などの感染症に注意するよう看護師に忠告されている。

それにしても、この冬は風邪を一度もひかなかった。昨冬までは何回もかかった。いまは鼻水などの兆しがあった時に、うがいや市販の風邪薬を飲めばすぐ元に戻る。規則正しい生活や漢方薬、特製ニンジンジュースなどが効いているのだろうか。

漢方薬との併用について、主治医の舩越医師はこう話していた。「個人的には肯定的な方です。ただ、抗がん剤を扱っている医師の知らないところで他の薬剤を使うと、時には重大な影響が出ることがあります。使う前に教えてもらうと安全です」

クリニック院長の水嶋医師の診察は「血液検査の結果では体を守る免疫細胞の数値がやや低く、免疫バランスがわずかに悪い状態。数値を上げて改善しましょう」とのこと。前回の薬草から7種を変更し、計12種にして混ぜた煎じ薬が処方された。自律神経を刺激して自然治癒力を高める鍼灸治療も受けた。

帰りは新幹線の時間まで隣の小諸市で遊んだ。

「小諸なる古城のほとり雲白く遊子《ゆうし》かなしむ……」

城跡で島崎藤村の詩碑の一節を読み、2月にDVDで見た映画「男はつらいよ」の中で小諸ロケの寅さんがこの詩を語る場面が面白くて大笑いしたことを思い出した。少しの間、がん患者であることを忘れた。

21 プラス思考で

■占いも一興　心元気に

「行ってみない？　あのタロットカード占いに」

3月のある日、妻が言った。

昨夏、直腸がんの切除手術後に妻と娘は札幌市内のその占師を訪れたことがある。当時は肝転移のがんが残っていて先行きが不安だった。そのことは「家族の助け」（8参照）で書いた。

告知直後は、自分の「命の限り」を考えた。今、がんは一応なくなった。再発の心配は残るが、病状は良好だ。ならば、この先を占いでのぞいてみるのもいいか。2人で訪れた。

カードを交ぜて占師の中年男性に渡した。約1時間。6枚の絵柄が示した運勢はこうだ。

今年に限って再発はない。この先は血液の流れに関わる病気に要注意。体重を5キロ以上落とすといい。がんでは死なないし、70代を迎えられる。この先の人生はおまけと達観し、笑いがある生活を心がける……。

「元気が出る内容で良かったじゃない」と妻。残りの人生、信じてやってみるか。

「4月から室蘭市の日鋼記念病院に移ることになりました。今後のことを相談しなければならないのですが……」

主治医の船越医師が突然、転勤を告げた。北海道大病院第一外科の所属なので転勤は予想していたが、ドキッとした。

がん患者にとって主治医は、不安を消して心を落ち着かせてくれる特別な存在だ。道外まで追って行く患者がいると聞く。

昨年6月の告知から2度の手術、抗がん剤治療を担ってくれた。私も家族も心から信頼している。治療は続いており、病状は誰よりも把握している。

「本当に室蘭まで通いますか」と聞かれたので、一も二もなく「はい」と答えた。船越医師を慕って、転院を決めた患者は他にもいるようだ。

番外編 主治医が語る

■腹くくる姿勢、可能性開いた

大腸がんと転移肝がんの手術を昨年受けた高橋賢司記者（65）の連載「がんと生きる」が始まって5カ月。高橋記者への告知、手術、治療を続けてきた主治医の船越徹医師（36）に、これまでの経過や今後の治療、がんと向き合う患者への思いなどを聞いた。

1年に2度の手術を受け、これだけ頑張っている高橋さんは、がん患者として優等生です。「もう、がん患者ではないんじゃないですか」と冗談っぽく言われますが、「それはちょっと早いですよ」と。肉眼で見えるがん組織を除去し、これからが本当の闘いでもあります。

◇　◇

点滴と、再発がなければ内服の化学療法を続けます。転移したということは、物理的ながんの除去だけでは根治できない可能性がある。目に見えない細胞レベルのがんを抗がん剤でいかにコントロールできるかが鍵です。

高橋さんが記事にしたように、大腸の手術前は動揺したそうです。でも、高橋さんは前向き。奥様も色々と積極的に調べて家族のサポートも良い。不安の中でも「やる」と決めたら腹をくくって治療を受ける姿勢が、ここまで可能性を切り開いたと思います。

連載「がんと生きる」を書きたいと打診されたときは、正直迷いました。まだ先の治療がどうなるか分からなかったころなので……。ただ、環境的な要素ってありますよね。新聞記者だからこそ書く。自身のことを字にするのは重圧もあるでしょうが、モチベーションになる。最終的に高橋さんの治療のプラスになると判断しました。

がんになったことのない僕が簡単に言うべきではないのですが、一番良くないのは孤立すること。自分の殻にこもらず、患者さん同士で情報を共有したり、アドバイスしあったり。過去には戻れないので、常に現段階での最善の努力をすることが必要だと思います。

脳や心臓の病気の治療が進歩している現在、最終的にがんで生涯を終える人の割合が増えています。そんな中で早期発見や早期治療をするには、やはり検診を受けていくことです。

大腸がんは一度でも内視鏡検査をすれば、進行がんにまで進んでから見つかる割合が減ると言われています。ポリープがあれば早めに対応できる。大腸がんは年々、罹患（りかん）率が上昇していて、極端に言えば生活習慣病の先にある病気と言っても過言ではないのです。

僕もこの前、大腸を検査しました。早めに何か見つかって処理できれば、進行した場合とは、時間的にも金銭的にも様々な面で負担が違います。40歳を超えたら検診を受けてほしい。

がんは誰がイメージしても死に直結するもので、非常に厳しい部分は多いです。ただ、患者さんは強い精神を持っている方が多い。10年以上前と比べて効果のある抗がん剤の種類も増えている。根治は簡単ではありませんが、患者さんが頑張ることへの報いもあると思います。（聞き手・上山浩也）

◇　◇

ふなこし・とおる　1975年5月、稚内市生まれ。札幌北高校、宮崎医科大学（現・宮崎大学医学部）を経て北海道大学病院第一外科に入局。岩見沢市立総合病院や北海道がんセンターなどで勤め、2010年4月から札幌厚生病院へ。12年4月から室蘭市の日鋼記念病院の外科勤務。（注）14年4月旭川厚生病院、18年4月から札幌厚生病院。

22　告知から1年

■恐怖と苦痛に耐え

がん患者になって1年。読者や知人、友人、会社の同僚や先輩たちから励ましの言葉をいろいろといただいた。

同時進行ルポの闘病記を、予告した5月に掲載できず、延び延びになったため、心配の声をいただき、恐縮している。

実は5月下旬から朝日新聞と北星学園大学の連携講座などで講師をしたり、抗がん剤治療とその副作用に耐えたりしているさなか、102歳になる母親の不整脈などによる緊急入院が重なって慌ただしくなり、書けなかった。お許し願いたい。

告知から1年の区切りを迎え、改めて振り返ってみる。

11年6月、大腸の肛門近くでがんが見つかり、肝臓への転移も同時に判明した。「直腸がん、同時多発性肝転移」と告知を受けた。直腸にできたがんが成長とともに腸壁に浸潤。がん細胞は腸壁を越えて腹膜からリンパ節を経て血管に入り、血液の流れに乗って肝臓に達して増殖した。肝臓で確認されたがんは4個だった。

がんの進行度（病期）は最も進んだ「ステージ4」。治療効果が期待できるがん種とは言え、完治の目安とされる術後5年以上の生存率は、「4」の場合は20％以下。「4」の因子が肝転移に限った場合でも、良くて30％ほどだ。

死の恐怖にあらがい、苦痛に耐えて「生きる力」を保持する生活が始まった。

同7月に直腸がん、11月に肝転移のがんを切除する開腹手術を受けた。体の中に見えていたがんはなくなったが、がん細胞は残っている。新たな成長や増殖を抑える抗がん剤療法は8月から今も続いている。

仕事や俗世間から身を引けば、生と死を考えるだけの闘病生活になりかねない。それは避けたい。老境に入り切れない今、いろいろと考えてしまう。

23 励ましの言葉

■仕事する背中 後押し

岩見沢支局の事務室に、同僚や先輩が書いてくれた色紙を飾っている。眺めるたびに励ましの声が聞こえてくる。

「生きていれば、治療方法も進歩します」「生命力って考える以上に強い。人生を楽しめば、細胞が勝手に頑張ってくれます」「ギネスに挑戦するぐらい頑張って」……

色紙は、2月の札幌国際スキーマラソンの終了後、懇親会の席で思いがけずいただいた。記名と文言を追いながら、先輩らのかつての活躍や2月にお会いした時の元気さを思い出す。

ご近所では「連載を読んで、がんで亡くなった主人を思い出すの。頑張って下さい」

と声をかけられる。

3月には読者から「夫は20回目の抗がん剤治療を終えたが元気です。転移肺がんは消えたが、肝臓やS字結腸にがんは残っている……」という手紙もいただいた。抗がん剤に嫌悪感を抱き始めた頃だったので励まされる思いだった。

世間には、「がん＝死」のイメージがまだ強い。

「思いがけずがんになったと聞いて、我が身のことを思い、エンディングノートを作りました」。親しくしている年長の親戚がノートを差し出した。

高齢者になって、これから起こる万一に備えて葬儀や財産内容、相続など、自分の希望を書き留めておくノートだ。

それからは本屋の売り場で何度か手に取ってみた。だがその都度、「まだ早い」というささやきが頭の中で聞こえる。

一度は仕事を辞めるべきかと思ったが、まだ続けている。昨年秋の肝転移の手術前、「元気そうなので、可能なら仕事を続けながら療養しては」と、会社側が理解を示してくれた。

仕事はがんを忘れさせてくれる。元気に過ごせるのは仕事のおかげも大きい。励ましの言葉は良薬になっている。

24 主治医を追って

■通院　妻と二人三脚

主治医の舩越医師の転勤で、4月から室蘭市の日鋼記念病院に外来通院を始めた。舩越医師は札幌厚生病院に在勤中、直腸がんと転移肝がんの切除手術や抗がん剤治療などを担当してくれた。異動を告げられた時は、肝がんの手術から4カ月後。いろいろと考えた。

「今の病態で主治医と別れることは、精神的にも最良の治療を失うことになりかねない」即座に転院を決めた。

日鋼記念病院は、札幌厚生病院と同じく、「地域がん診療連携拠点病院」だ。質の高いがん医療が受けられるよう知事が推薦し、厚生労働相が指定した。道内に20カ所ほどある病院のうちの一つだ。

冬が終わって、気候は快適な春から夏へ。道路事情も良い。通院は月2回。岩見沢支局から高速道路を利用して車で往復することにした。室蘭市の病院までの走行距離は片道160キロ超。途中休憩を入れて約2時間半のドライブだ。

室蘭往復は思っていたより遠く、抗がん剤の影響で負担が重かった。妻の協力なしでは通えなかった。

早朝、午前6時すぎに支局を出発。病院到着後は、血液を採取して白血球数などを調べる検査。抗がん剤の攻撃に耐えて、白血球の数などが基準値内か、準じていれば抗がん剤治療を受ける。白血球数が低ければ延期だ。

抗がん剤の点滴注入が始まると、吐き気や頭がもうろうとして具合が悪くなる。約4時間で終了。その後に画像検査を入れることが多かったので、病院を出るのは夕方になることもしばしばだ。

帰りは、左胸の皮膚の下に埋め込んだ「ポート」と呼ぶ器具に点滴の針を刺したまま、翌々日まで投与を続ける抗がん剤入りのポンプを携帯しなければならない。

だから帰路は妻の運転が欠かせない。二人三脚の通院は、7月18日で8回になった。

25 もしかして再発

■検査結果　なぜか逆転

「うーん、新しい病変かもしれませんね」

5月11日。日鋼記念病院（室蘭市）の診察室で船越医師が肝臓のMRI検査の画像を示しながら話し出した。

え、肝臓で再発？　ぎょっとして画面を見つめた。

兆しはあった。4月20日の腫瘍マーカー検査でCEAが基準値を少し超えていた。また、同日のCT検査で、肝臓に約7ミリの黒点状と約1センチの薄いシミ状の影が映っていた。このためMRI検査を急きょ受けた。

そのMRI検査で、はっきりと病変らしきものが見つかった。「肝臓の表面に1センチ前後が5、6個。抗がん剤が効いているのかどうか。1～2カ月、画像検査で様子を見ましょう」

手術で切除できればいいが、転移の数が多いので根治的な切除ができないかもしれないという内容の説明もあった。

その日は、ブドウ糖に似せた薬剤を注射し、薬剤が集まったところを画像化してがん発症を確かめるPET検査と、がんの浸潤程度など進行度を見る超音波検査も受けた。

2週間後の5月25日の結果説明は「PET検査で、がんと特定できるものはなかった」。不思議なことに造影超音波検査でも病変らしいものは見つからなかった。「小さすぎて見つからないのかも」と船越医師。夕方、再びMRI検査を受けた。

結果は6月8日の通院日に聞いた。やはり、見えなくなっていた。

「どうしてか分からないが、薬の効果が出ています。白血球減少による治療の延期が多かったことが影響していたかも。抗がん剤自体は、効果はあるようだ。ただし、薬で完全に消える可能性は通常低いです」

一時は再度の開腹手術を覚悟して、暗澹《あんたん》たる思いだったが、まさかの逆転。何にしろ、ほっとした。

26 東洋医学の効果

がん治療で落ちた体力や免疫力を補おうと始めた東洋医学の治療。長野県佐久市の水嶋クリニックへの通院は7月5日で4回目になった。

水嶋院長の治療は、漢方薬で体のバランスを整えながら免疫力を高め、内臓の機能を受け持つ自律神経を鍼灸で刺激して自然治癒力を高めようとするものだ。

初回は昨年暮れ。16種の生薬（煎じ薬）を毎日飲むことになった。

「人によって効いたり効かなかったり。まず様子を見てください」

指先や足先への鍼《はり》、「肝臓が冷たい」と背中への灸《きゅう》治療もした。

■免疫力の数値上がる

2回目の3月1日には前回に採血検査した免疫力の説明があった。体を守る免疫（Th1）の値は16・9％とやや低め（本来は20％以上）。それを邪魔する免疫（Th2）は5・5％とやや高め（同3％以下）に出ていた。

「免疫バランスがほんのわずか悪い状態。体を守る免疫力を上げましょう」と院長。生薬は12種に変更され、肝臓の負担を軽くする錠剤も処方された。

3回目は5月24日。院長は再発のリスクがある肝臓の上に手をかざしてなぞり、鍼灸師に右のすねの内側にある筋の鍼治療を指示した。

「右足親指の外側も数カ月前からびりびり痛い」と訴えると、「関係あるのでそこも」となった。生薬は肝臓にもっと効果的な16種に変わり、右足親指の痛みは数日後に消えた。

後日、手をかざした診察について聞くと、「細胞が活発なところは、簡単に言うと磁場の発生が分かるので、感知して治療に利用している」とのこと。

7月5日は前回採血の免疫力検査でTh2は5・4%と変わらなかったが、Th1は27・3%に上がった。

「免疫力が向上したので、治療に好影響を与えていると思う」と院長。

血行を良くしてスポーツ選手も飲むというサプリメントの「冬虫夏草」が追加された。

27 講師を頼まれて

■予防啓発訴える機会

「体験を話してくれませんか」。転移肝がん手術後の年明けに思いがけず、4件の講師依頼が相次いで来た。

術後まだ数カ月。元気とは言っても手術痕は痛く、無理は利かない。体内からがんは見えなくなったが、進行度（病期）は「ステージ4」。再発リスクは高い。2週間ごとの抗がん剤投与と数日間続く副作用による体調不良で、投与日から4、5日は静養が欠かせない。

どうしようかと迷ったが、がんを知ってもらい、予防啓発を訴える機会が与えられたのだ。引き受けることにした。

最初は、4月18日の朝日カルチャーセンターの講座。本コラム「がんと生きる」をベースに話した。トークには不慣れで、時に言葉を忘れるなど、冷や汗ものだった。

5月18日は、朝日新聞と北星学園大学による連携講座。学生約100人が聴講した。

今はがんとは無縁と思っている若者たちが大半だが、いずれ直面する。がんの一般的な情報のほか、大腸がん、肝がん、胃がんをはじめ、若者に身近な子宮頸《けい》がんに力点を置いて話した。

6月7日は、60歳以上を対象にした岩見沢市の「ことぶき学園」。同年代でがんの知識もある。新聞への理解も深めてもらいたいと思い、過去の取材体験も交えて話した。最後は7月17日。同市のNPO法人の「語る会」。年長者が多く、身近な問題のためか、途中から対話形式になって盛り上がった。

4回を終えて実感した。多くの人が、治療中のがん患者が話す生の闘病体験を聞きたかったのだ、ということを。

がんとの闘いは死ぬか生きるかだ。かかったら死ぬのか、かからない方法はあるのか。話した内容が、そんな問いの回答になっていればと思っている。

28 もぐらたたき

■転移、消えたり現れたり

7月18日の日鋼記念病院（室蘭市）でのMRI検査。またしても肝臓に転移とみられる病変が3個映っていた。1個は直径約1センチで他は小さい。痛みなどの自覚はない。

5月のMRI検査で病変らしきものが映っていたが、その後のPET検査や再度のMRI検査の時には見えなくなっていた。ほっとしていたのもつかの間、開き直ることにした。

その日と8月3日。11、12回目の抗がん剤治療日に主治医の船越医師から説明を受けた。薬剤のせいで汗が噴き出し、もうろうとした中で話を聞いた。

「白血球数などの減少で抗がん剤治療が延期気味のせいかもしれないが、逆にそれだけ薬自体は効いているのかもしれない」

「以前（5月）と同じ所で、見えなくなったり現れたりしている。肝臓の表面なので物理的に切除は可能だが、一度切除した後なので以前よりも手術の適応は慎重に考えなければいけません」

「他に病変が出てこないかも確認が必要です。腫瘍マーカー値も正常値内に下がっているし、今は2、3カ月、様子を見ましょう」

大腸がん患者の再発（転移）はいつ起こるのか。

がん研有明病院（東京）消化器外科医長の福長洋介医師の「大腸がんの最新治療」（主婦の友社）によれば、全体での再発率は約17％。うち80％は手術後3年以内、95％以上は5年以内に見つかるという。

再発率はステージ（病状の進行度）が高いほど上昇する。「3」で約30％。私の「4」はなぜか同書では再発率が見当たらない。格段に高いのだろう。

再発が起こりやすいのは肝臓だ。再発した場合、完全に切除できるようなら手術が基本とされる。切除すれば生存率が高まり、完治も可能だからだ。

「現れたら切除を繰り返す。もぐらたたきを続けるようなものです」と船越医師は言う。

29 秘湯での湯治へ

■2泊3日　長万部の宿

再発した場合は、転移がんの2度目の開腹手術……。

肝臓の病変存在と開腹手術の話を聞いてから、時々、腹部の手術痕を眺めては「この傷痕をまた開くことになるのかなあ」と、ため息をついていた。

そんな折り、妻の友人の主婦がこんな話をしてくれた。

「湯治に行ったらどう。がんが再発しない人もいるっていうよ」

お薦めの場所は、渡島管内長万部町にある秘湯「二股らぢうむ温泉」だという。

11年11月21日の転移肝がんの手術で体内から明確な形のがんはなくなった。今は再発させないための闘いを続けている。

抗がん剤の投与は2週間ごと。一方で、漢方薬服用で免疫力を上げ、鍼灸で自然治癒力を高める治療にも通う。

家庭では転移性大腸がんの症状改善に効果があるとされるニンジン中心の特製ジュー

スを毎日飲み、キノコなどを多用した料理を食べる。がん抑制に「生アーモンド」がいいと言われたので取り寄せて、毎日10粒食べている。いずれも妻の薦めだ。

今度は湯治。がんを再発させないことができるなら、こんないいことはない。だめでも温泉につかるだけで、がんにおびえてきた心身は癒やされる。

そんな思いで7月下旬、妻と妻の姉の3人で2泊3日の湯治に初めて出かけた。車で高速道路の長万部インターチェンジから国道5号に出て黒松内町方面へ、二股温泉の青い看板の表示で左折して道道に入る。山道を約8キロ走ると「二股らぢうむ温泉」があった。札幌からは約220キロだ。

秘湯というので、さぞかし山奥のひなびた所と思っていたら、2階建ての大きな民宿風の小奇麗な宿の温泉だった。秘湯の呼称に相当するのは、携帯電話が国道近くまで出ないとつながらないことくらいか。

早速、長い階段を下りて風呂に向かった。

30 体に優しい湯

■ぬるめ、初めての感覚

「二股らぢうむ温泉」は、その名が示すようにお湯に放射性物質のラジウムが含まれているのが特徴で、源泉かけ流しだ。

この温泉が発行した紹介資料によれば、大きな石灰岩層の中を温泉水が通過して湧き出すため、温泉水に溶けて混じる石灰華《せっかいか》(炭酸カルシウム)にラジウムが含まれているという。

「低い温度のお湯に長くつかると体に効果があるようです」と支配人の目黒八重子さん(53)が説明してくれた。

大浴場には、湯温37~42度の浴槽が四つある。露天風呂に出ると、目の前に石灰華が成長した茶褐色のドームがあった。

さわやかな外気の中で緑の谷を見ながら、37度弱のぬるめのお湯につかった。

病気の治療・養生には1日の入浴合計が6~8時間、これを2~3週間続けるのが良いと記されている。そんなに長い期間の滞在は無理だが、2泊3日で入浴を楽しんだ。

これまでは、どの温泉に行っても10分も入浴すると、熱くて汗が噴き出し、長く入っていられなかった。

だが、このぬるめのお湯は体に優しかった。流れ込むお湯の音を聴きながら、30分ほどじっとつかっていると、やがてお湯と一体になる感じがしてきた。こんな感覚は初めてだ。そして、そのまま湯の中で1時間から1時間半ほど過ごす。

1日目は計4時間、2日目は計7時間ほど。3日目はチェックアウト後の昼すぎまで、湯の中で過ごした。

がんが再発しないように願って、ひたすら湯につかる。

長時間の入浴なので、のどが渇くこともある。水分補給には風呂場に流れている山から湧き出すミネラルウオーターや天然の炭酸水を飲む。温泉水は飲用すれば良いというので、ペットボトルに入れて時々飲む。これが湯治かと実感した。

31 湯煙の中の会話

■療養の体験談　参考に

7月下旬に湯治に行った「二股らぢうむ温泉」（長万部町）では、療養に来ている人たちと言葉を交わした。

江別市からJRを使って、一人で来ていた高橋松雄さん（77）もがん患者だ。大腸がんが肺に転移したものの、抗がん剤がつらくて5月に投与をやめたという。

「10日間の日程で初めて来ました。せき込みがひどくて会話ができなかったが、3日目で、湯煙がのどに効いたのか少し楽になった。こうして長く話ができてうれしい」と喜んでいた。

湯治客の中には、ラジウム温泉として有名な秋田県の玉川温泉や鳥取県の三朝温泉を経験した人もいて、「体にはここのお湯が一番合う」という意見も聞いた。

翌8月10日。足の痛みで好きな山歩きができないという会社のOBを誘って再び二股温泉に向かった。私のような大腸がんを切除した患者は便通が不安定なので、行き帰りのトイレの場所の把握は重要だ。自分が車で通う場合を考えて検証してみた。札幌から国道と道道を約165キロ。定山渓から先は、中山峠―喜茂別―真狩―ニセコ―蘭越―黒松内の道の駅がそれぞれ10~30キロ間隔であることが分かった。

この日は露天風呂の中で偶然、「二股らぢうむ温泉」の山田紘一郎オーナー（72）と一緒になり、話を聞いた。現在の養生施設に造り替えたのは山田さんで、12ある浴槽と歩行訓練用のプールの温度設定（30・6度~43度）や食事による養生法も山田さんが考案したという。

「病気の治療には36・5~37度の湯温が一番いい。汗をかくと疲れて入れなくなるので、汗をかかない温度になるよう源泉の冷やし方を工夫しました」

私の場合、短期間に2回の湯治体験だが、体が軽くなって、活性化した感じがする。ビールがおいしく感じるようになった。

32 肝臓手術から1年

■日々、無理なく生きる

直腸がんの切除手術は11年7月5日だった。その後、肝臓に転移していたがんを11月21日に切除した。

まもなく術後1年になる。

手術後の傷の治りは早く、仕事へも復帰できた。この間に66歳になった。「血色はいいし、声も元気。がん患者にはとても見えないよ」。最近は友人や同僚らから、こんな声をかけられる。

だが、2週間ごとの抗がん剤注入の後は、吐き気や悪寒、頭の鈍痛など気を緩めると耐え難くなるような副作用が3、4日間続く。5日目くらいから副作用が消えて食欲がわき、体調もぐっと良くなる。術後は、この繰り返しの日々だ。

思い起こすと、がんの告知は昨年夏。進行度（病期）は最も進んだ「ステージ4」だった。

一時は「死」も意識したが、快復が望める進行がんの段階だと説明を受けて、「がんに負けたくない」と気を取り直した。

だが、このがんで「ステージ4」とされた患者の5年生存率は20％ほど。肝臓以外に転移がなく、肝切除できたとしても30％台だ。生き続けるハードルは高い。何とかがんを克服して5年以上生存の仲間に入りたい。

そうなると、西洋医学だけに頼っていられない。

東洋医学にも目を向けて、体が本来持っている自然治癒力を高めて、体質を改善したい。免疫力を高める漢方薬（煎じ薬）や特製ニンジンジュースの飲用などを続けている。

がんになった原因として、誰にも共通して言えるのは「無理した生き方」だという。特にストレスをためるのは良くない。

早寝早起き、飲酒はほどほど。食事は、がんが好む糖分の摂取を抑えるようにして中身は質素に――。

33 経過観察

■また再発の兆し　憂鬱

一人きりでぼんやりしていると、つい思い浮かぶのは「再発（転移）」の懸念。体の中に残っているがん細胞のがん化だ。

再発防止の抗がん剤療法に通う室蘭市の日鋼記念病院では、ＭＲＩなどによる画像検査で経過観察もしている。再発を早期に発見できれば、手術で取りきれる可能性が高い。

その再発の兆しがＭＲＩ画像にまた現れた。５月の検査で見えなくなったがんとみられる病変が、７月と９月の検査で肝臓表面に再び映っていたのだ。病変は７月が２個、そして９月は４個だった。主治医の船越医師は、こう説明してくれた。

「７月と同じ場所にあります。一つは直径１センチほどで、他はもっと小さい。表面なので切除自体は可能ですが、小さいものは手術中に見つけられるか確実ではありません。まずはＰＥＴ検査などで他に転移がないか、精査しましょう」

病期は最も進んだ「ステージ４」。再手術も覚悟している。だが、説明を思い出すたびにちょっと憂鬱《ゆううつ》になる。

10月5日にPET検査を受けた。形で病変を見るMRIと異なり、細胞の活動状態からがんを診断するやり方だ。ブドウ糖に似せた薬剤を注射し、薬剤が集まったところを画像化してがん発症を確かめる。

10月19日。船越医師から聞いた結果は意外な内容だった。

「(5月と同じく) 今回も肝臓にがんとおぼしきものは映っていませんでした」

覚悟していたので驚いた。なぜ映らなかったのか。「病変が小さすぎること、がん細胞の増殖が激しくない (治療で抑えている) ことが理由として考えられます。PET検査では一般に早期がんの発見は難しいです」

「4個の病変は残っていると思うので、いずれ見極めて切除を考えたい」

11月に再びMRI検査を受けることになった。

34 園芸療法

■植物育てて生を実感

残りの人生を無理なく楽しく生きる――。そう割り切ってから、旅のほか、園芸を一段と意識するようになった。

札幌の自宅での庭いじりに加え、12年は6月に始まった岩見沢市の農業体験「アグリチャレンジ講座」も楽しかった。

抗がん剤治療の合間の10月27日には、この講座の最終回「そば・うどん打ち体験」があり、手打ちの讃岐うどん作りをした。材料は地元産小麦「きたほなみ」の中力粉1キロ（10食分）と水約400cc、塩50グラム。

生地の粘りを強くするために足で踏むこと約20分。汗が噴き出す。のし棒で延ばす作業もこつがつかめず無駄な力が入る。生地を三つ折りにして専用の包丁で切ると出来上がりだ。

色が黒っぽくなり、妻に「そばみたい」と言われた。でも、ゆでた後のかけや煮込みはおいしくて喜ばれた。

講座は全6回。農業の基礎知識や栽培技術を習得するのが狙いだった。同市郊外の北村にある市の試験圃《ほ》で、泥田に裸足で入る田植えやタマネギなどの収穫、稲刈りをした。周囲は石狩平野の広大な水田や畑地。近くの石狩川を越えた遠くに山並みが小さく見える。春から秋。風の音や鳥のさえずりを聴き、抜けるような青空を仰いだ。爽快さが暗い考えを消し去ってくれた。

自宅では、トマトや枝豆などを栽培している。夏休みに京都や北見から遊びにきた小さい孫たちが、「じいのトマト！」と叫んでうれしそうに摘むので励みになる。一人でツツジなどの花木の間に腰をおろして太陽の光を浴び、吹き抜ける風が醸し出す音を聴くのもいい。

植物を育てることで生命の手応えを感じ、生きていることを実感できた。園芸は心身の健康を保持する療法だ。

思えば「死」を意識してから何か解放感が生まれ、色や音や味も発症前と違う感じがする。

35 患者からの便り

■闘病ぶり胸打たれる

病状を心配してくれる手紙やメールをがん患者の方からもいただいた。

かつて取材で国後島《くなしり》の爺爺岳（ちゃちゃだけ）に一緒に登り、いろいろ学ばせてもらった元記者の先輩。見舞いに来てくれた翌月、胃カメラで食道がんが見つかり、「検査で肺がんも宣告されました」と経緯が手紙に記されていた。

それによると、食道の手術は1月に内視鏡で、肺は3月に胸腔鏡《きょうくう》を使って右上葉部を切除し、うまくいったという。「ステージ1の早期がん」と言われ、重苦しさが吹き飛んだものの、4月の病理検査でリンパ節への転移が分かり、7月末まで抗がん剤治療を受けたという。

そして、こう書いている。

「入院していると、やり残してきたことが思い浮かんできます。今度退院したらこれを、その次に退院したらあれをと次々に出てくるもので、こうした冥土への旅支度を考えることは張り合いでもあり、楽しいものでした。残り時間はそんなに多くない年齢。今を存分に生きようと思っています」

「胆管がんがステージ4」という女性からはこの夏、しばらく休んだこの連載について「再開されてよかった」とメールをいただいた。女性は12時間の手術を経て、抗がん剤治療を半年ほど続けている。胆管がんはあまり多い病気ではないため、情報を得づらく、連載を参考にしてくれているという。彼女の闘病ぶりにも胸を打たれた。

メールには「出来る範囲でがんに勝つ方法を試してみたい。抗がん剤治療をどこまで続けるか、悩みや思いはいろいろあるが、なんとかなるの精神で乗り切っていきます」とあった。

がん患者の治療は孤独な旅路だという。一方で、その人に超えられない試練はやって来ないとも言われる。お互い、頑張りたいものです。

36 再発

■3回目の手術を決意

晩秋の11月2日。室蘭市の日鋼記念病院への通院は、いつもの車をやめて、札幌発の朝の特急列車を初めて使った。片道約1時間半。落ち着いて車窓の景色を眺められて気分がいい。

この日は2週間ごとの抗がん剤治療の18回目。抗がん剤の点滴が始まって約2時間後に船越医師から告げられた。

「肝転移の数がこれ以上増えず、肉眼的に確認できるようなら手術を考えたい」

「小さいし、このままというわけにはいきませんか」と尋ねると、「例え画像で小さくなってもがん細胞を根絶できる可能性は低いので、可能な限り取るべきです」

やはり再発、3回目の手術か。2週間後、MRI検査でがんとみられる病変が改めて5個確認された。1個は直径1センチ余り、他はもっと小さい。

腫瘍マーカー検査も数値が8月から上昇した。CEA（基準値0～5）は、7月は2・

2だったが、11月は10・2、12月には22・1。昨年の手術前のレベルまで上昇してきている。

11月30日の抗がん剤治療日。舩越医師に手術の場所について相談してみた。「室蘭は札幌から遠く、冬は家族が病院に通うのも大変です」。すると、地域連携を通して札幌の北海道大病院を紹介してくれた。同病院は12月10日に受診し、年明けの1月中旬以降の手術を前提として入院手続きを終えた。

翌11日付の朝日新聞の医療面を見ると、「肝転移がん　治療進歩」という見出しの記事があった。横浜市立大病院の田中邦哉准教授（消化器外科）のこんな談話も出ていた。「大腸がんの肝転移なら、手術で根治する可能性もあるし、根治しなくても生存期間を長くする効果も期待できます」

私も大腸がんが肝臓に転移している。「自分のことじゃないか」と、勇気づけられた。

37 闘いは宿命

■丸山ワクチン、湯治に期待

この1年間、再発を防ぐため抗がん剤治療を受け、吐き気などの副作用に耐えてきた。なのに再発、再手術。がんの進行度は「ステージ4」と最悪だから、致し方ないか。がんとの闘いは宿命だ。だから再手術については、「切除すれば、さらに長く生きられる」と、前向きに考えることにしている。

これまで東洋医学による漢方薬の服用や食事療法などにも取り組んできた。体の免疫力を高めて、がん細胞をやっつけたり、がん化を抑え込んだりしたいと考えたからだ。

長野県佐久市の水嶋クリニックでは、9月の通院から白血球数が抗がん剤で大きく減少しないよう「丸山ワクチン」の注射も始めた。抗がん剤治療で白血球が減って、投与が延期されることがあるためだ。

「弱毒の結核菌で副作用がなく、放射線治療では副作用抑制剤として使われている。白血球数維持に効果があり免疫アップに使っています。濃厚なので月1回の注射で十分と思う」と水嶋丈雄院長。通院の度に接種することになった。

同院長が所長を兼務する東洋医学治療のNPO法人が扱っており、代金は安価だった。丸山ワクチンは人の結核菌から抽出した注射薬で。正式の抗がん剤ではないが、日本医大が長年にわたり供給する治験薬だ。効果に議論はあるががん患者らに人気は根強い。1970〜1980年代に国の認可をめぐり報道されて話題になった。

ワクチンの効果はこれからだが、いまは酒も飲めるようになり、「がん患者には見えない」と言われるほど元気でいられるのは、漢方薬などの効果もあってのことだと思う。最近は、湯治にも期待している。「二股らじうむ温泉」（長万部町）はその後も月1回のペースで通っている。

12月16日に投開票があった衆院選では道10区（空知、留萌管内）を担当して忙しかったが、直前の9日の新聞休刊日まで3日間の休みをもらって同温泉に行ってきた。

この温泉では低放射性物質のラジウムを含む37度のぬるめのお湯にひたすら長時間つかる。疲労感や湯あたりもないので長期間、湯治が続けられる。

実は11月の湯治後に肌がつるつるになって、体からアカが出なくなったことに気づいた。「医師がすすめるラドン温湿浴」（徳間書店）によれば、どうやら「肌の若返り現象」

らしい。湯気を吸って体内に取り込むことで、体の細胞が活性化するとも書かれていた。

再手術は1月中旬以降に予定されている。年末年始の休暇を利用して、また湯治に行こうと考えている。

2013年
（平成25年）

取材記者を続けながらの闘病3年目。新年早々に肝転移、夏は肺転移を手術で切除。抗がん剤の影響は目にも？　白内障を手術。

38 3回目手術を前に

■切除で延命、割り切る

連載の間隔が少し空いたので、改めてこれまでを振り返ってみたい。

「直腸がん、同時性多発肝転移」の告知は11年6月だった。進行度を示す病期は転移があったので、最も進んだ「根治切除不能進行がん・ステージ4」。当時は「死」を意識し、どうなることかと思った。

直腸がんの切除手術は翌7月。4カ月後の11月には、肝臓に転移していた4個のがんを開腹手術ですべて切除した。

当時は大腸の壁を破ったがん細胞が腹膜内へこぼれ落ちて大きくなる「腹膜播種《はしゅ》」が懸念された。しかし虫垂への腹膜播種は切除でき、取りきれずに手術が中断される最悪のケースは避けられた。今も明らかな腹膜再発はない。幸運だった。

抗がん剤治療は、薬剤によるアレルギー症状が疑われたため、手術後は別の治療法に変わった。同じ頃、漢方薬などによる免疫力アップも始めた。

だが、1年後の12年11月、新たな肝転移がん5個が顕著になった。切除手術は北海道大学病院で今年1月実施と決まった。

これまで約1年半の闘病生活は容易じゃなかったが、主治医の船越医師や家族、会社の同僚、知人・友人らが支えてくれた。

読者からも多くの励ましをいただいた。昨年のクリスマスには、米国カリフォルニア州に住む直腸がん患者の日本人女性から「わがことのように読んでいる」とメールが届いた。

暮れには、3回目の手術を前に船越医師から激励された。

「病変を完全に取りきることが根治性を高める唯一の方法です。今は完全に取りきれる可能性が残されています。もう一度、完全切除を目指して頑張りましょう」

おかげで今は、「自分のがんは恐ろしい病気じゃない。切除できれば延命効果が得られる」と割り切れるようになった。

39 再手術無事終わる

■明確な病変取りきれた

11年は暮れにかけて、友人や親族の訃報《ふほう》が続いた。中でも66歳と同い年で静岡県に住む友人の急逝はショックだった。

夫人によると、急に体調が悪くなって緊急入院した病院で食道がんが見つかり、余命1カ月の末期がんと告知された。それまで大腸にポリープがあったので大腸がんには気をつけていた。突然の告知に「どうして食道に」との思いを抱きながら、2カ月後に亡くなった。「本人は納得いかない死に方だったと思う」と話してくれた。

そんな友人のことも思いながら、年末年始の7日間、一人で長万部町の「二股らぢうむ温泉」に湯治に行った。

帰宅後の1月8日。転移肝がんの再手術を予約していた北海道大学病院から「10日入院」の連絡があった。慌ただしく消化器外科1の病棟に入院した。

様々な検査を受けた。びっくりしたのは腫瘍マーカーの数値だ。CEAは過去最高の

121・1（基準値0～5）、CA19―9も同じく109・8（同0～37）に跳ね上がっていた。

手術前日の17日夕。主治医の説明があった。内容はこうだ。

病変は肝臓表面に4個、表面から約6センチ内部に1個あり、いずれも再発とみられる。手術は癒着した部分をはがしながら進めるのでちょっと時間がかかる――。

翌18日。午前8時に手術室へ。術後、麻酔から目覚めたのは、病室に戻った午後4時半ごろだった。家族によると、手術は午後2時ごろに無事に終わり、主治医からこんな説明を受けたという。

「癒着をはがすのに1時間余りかかりましたが、5個すべて取りました。画像で疑わしいとされた2～3ミリのものは探したが分かりませんでした」

北大病院消化器外科1の肝臓手術は道内トップとの評判を聞く。今回、明確ながんが取りきれたのは、医師らみんなのおかげと心から感謝している。

40 新たな抗がん治療

■内服臨床試験に参加

1月18日の北大病院での転移肝がんの再手術は、前回（11年11月）の手術時の傷痕をなぞって開腹した。みぞおちからへその上へ縦に約11センチ、肋骨下を左から右へ30センチ強、逆T字形に切った。5個のがんは、肝臓の3カ所を切って取り除いた。がんは最小が1センチ×1センチ、最大が1・5センチ×2センチだった。

2月2日に退院した。縫合した傷はまだジーンとしびれているが、前回の手術より痛みはかなり軽い。傷の回復具合も速いようだ。妻や周りの人たちが驚くほど、元気で体調もいい。

退院が近づいた1月末。主治医から再発予防の抗がん剤治療について説明があった。「北大病院が実施している市販の抗がん剤UFT（ユー・エフ・ティ）とUZEL（ユーゼル）の2剤を内服する臨床（治療）試験に参加してもらえないだろうか」と打診された。

説明書によれば、肝臓への転移がみられる結腸や直腸のがんは、手術でがんを完全切除できても50～80％ほどの人が再発すると言われる。治療法はいろいろあるが、それぞれ一長一短があり、どの方法が最良かはまだ分かっていない。

北大病院としては、私のように手術前に化学療法を受け、その後の手術でがんが取りきれた患者を対象に参加者を募って、2剤を内服する治療法が術後の抗がん剤治療として有効かどうかを検討したいという。

それまでの抗がん剤治療は、2週間ごとに点滴注入する「ｍＦＯＬＦＯＸ6」（計8回）と「ＦＯＬＦＩＲＩ」（計21回）を続けてきた。つらくなり始めていたので、「参加したい」と答えた。

室蘭市にある日鋼記念病院の船越医師のもとで、2月8日から2剤の服用を始めた。「2剤を1日3回、28日間服用して7日間の休み」を1コースとして繰り返し、5コース（約6カ月間）内服することになった。

41 湯治の効能

■6泊7日　毒素出た？

病院での治療だけに頼らず、自助努力もする——。そんな思いで心がけている一つが湯治だ。

お見舞いでもらった本に、がん患者が食事療法などで自然治癒力を高め、がんが縮小したり消えたりしたという事例が出ていた。食事には気をつけている。他にはないかと思っている時に、ラジウム温泉として知られる秋田県の玉川温泉などの効能を紹介する本の記述を目にした。低放射線のラジウムには、体の細胞を活性化させてがんを抑える免疫力強化の効果があるとされる、といった内容だ。

それで昨年夏から、長万部町の「二股らじうむ温泉」を度々訪れている。12月30日〜1月5日、これまで最長の6泊7日の湯治を体験してきた。

「あの温泉はきっと効くから」と妻に強く背を押され、時代小説の文庫本を買い込んで1人で出かけた。雪に埋もれた宿は、病気の養生を兼ねてお正月を迎えようという客で満杯だった。京都や愛知、山形県など道外客の他、ロシア人もいた。

入浴は36～37度の湯に1日計約7時間。湯煙の中で顔見知りになったリピーターの湯治客に効能を聞くなどして過ごした。

4日目。小さな赤い湿疹状の点が腕と足に現れて、みるみる広がった。初めての体験だ。かゆくてまいったが、湯の中ではかゆみを感じない。同じ症状の客もいた。

「それは好転反応さ。体内の毒素が出てきたんだ。消えると体調が良くなる」体験者の湯治客がそう説明してくれた。

本当だろうか。帰宅後、インターネットで「好転反応」を探した。どうもそうらしい。

赤い点はその後、黒いかさぶたになり、全部消えるまでひと月以上かかった。手術後は風邪引かずで体調は良い。おかげで免疫力が上がったのかもしれない。

42　臨床試験1クール

■「共存」へ飲み続ける

1月の転移肝がんの再手術後、2月から北海道大病院の「市販の抗がん剤を内服する臨床（治療）試験」を始め、3月8日に1クールが終わった。

UFT（ユーエフティ）とUZEL（ユーゼル）という経口の抗がん剤だ。前者は細胞の増殖を抑制し、がんが育つことを抑える効果があり、後者は治療薬の作用を増強させるという。

1クールは「28日間内服後、7日間休み」で計35日間。1日3回の服用だが、朝昼晩、食事の前後1時間を避けて約8時間ごとなので、午前7時に飲むと昼は午後3時、夜は午後11時になる。単純作業だが、決められた通り続けるのは意外に煩わしい。抗がん剤が正常細胞も攻撃して障害を与えるため、副作用も出る。吐き気や食欲不振、下痢をはじめ、いろいろと出やすいので要注意という。

今のところ自覚症状はこの三つと後頭部の発疹くらい。いずれも症状は軽い。以前の点滴による抗がん剤治療より楽だ。

ところで抗がん剤はある偶然から誕生したという。知人からお見舞いにいただいた本『高橋豊の今あるがんを眠らせておく治療』（主婦の友社）に出ていたエピソードを紹介したい。

それによると、第2次世界大戦中の1943年12月、イタリアのアドリア海の軍港で爆発事故が起き、毒ガスのイペリットが大量に噴出。ガスを吸った兵士の多くに白血球の明らかな減少があったのを軍医が発見。この報告を読んだ米国の医師が悪性リンパ腫に効果があるのではないかと考え、イペリットと同成分の薬剤を患者に投与したところ病状が改善した——。

これが世界初の抗がん剤治療だという。まさに「毒をもって毒を制す」治療法だ。抗がん剤治療で「完治」は困難だが、「がんとの共存」は期待できるという。「毒」だとしても、すがって飲み続けるしかないか。今はそう思う。

43 追突事故被害者に

■首に衝撃も心配なし

勤務する岩見沢支局がある岩見沢市は、道内有数の豪雪地だ。3月に入ってからも暴風雪に見舞われ、2度も真冬に逆戻りした。国道や高速道路では、ホワイトアウトによる視界不良で、何十台もの車が巻き込まれる多重衝突事故が発生した。

仕事柄、車の事故現場を見る機会は多いが、つい先頃、自分が追突の被害者になった。猛吹雪で高速道路が通行止めになった3月14日の昼前。再手術の傷を癒す温泉での湯治を終え、札幌市の自宅で1泊し、支局に戻る途中のことだった。

岩見沢市街に入る手前の国道12号の交差点は、路面は新雪が圧雪され、それが解けて滑りやすくなっていた。

用心して前の車との車間距離を大きくとって走っていたが、ブレーキを踏むと急に車が滑り出した。「まずい。危ないぞ」と心の中で叫んで、アンチロックシステムのブレーキを踏み続けた。車はがたがたと音を立てながら、前の車の後方2~3メートルで止まった。

後ろの車は滑っていないだろうか。思わずバックミラーを見た。ミラーの中で、運送会社の中型トラックが左右に振れた。滑っている。みるみる近づいて、かぶさるように大きくなる。「ぶつかる」。前を向いてハンドルにしがみついた。

後部にドーンと強い衝撃を受けた。衝突の弾みで前の車に玉突きでぶつかった。頭の中がズキーンと痛い。警察が来て、現場を調査。警察官に「病院に行くように」と言われた。

幸いにも首はエックス線検査や医師の診断で、「ごく軽いねんざみたいなもの」で済んだ。頭痛も夕方には消えた。衝突を予期して身構えたのが功を奏したようだ。

がんに加え、首もむち打ちで治療か——。一瞬、そう心配したが、間一髪でけがから逃れることができた。

44 病室での出会い

■患者同士　励まし合う

転移肝がんの再手術を受けた北海道大病院に入院中の約3週間、何人かのがん患者と知り合った。

「手術は5回目」「妻も別の病院に入院中」「研究の対象にされてもいい。がんを全部取り除いて欲しい」――。同じ年齢前後の男性患者が切々と話す一語一語。がんと闘う患者の厳しい現実を思い知らされた。

一番最初に親しくなったのは、建築の仕事をする51歳の男性だ。一昨年、B型肝炎ウイルスが原因の肝炎が判明した際、肝がんも見つかった。がんは肝臓の血管にからみついており、北大病院に転院し、肝臓の6割を切除する手術を受けた。

昨年は肺へ転移したがんを内視鏡で切除したが、リンパ節への転移も判明した。リンパ節のがんは放射線療法で増殖が止まり、いまは再入院して抗がん剤の投与を始めている。

息子さんが大学生で、就職のことも話題になり、彼はこうつぶやいた。「まだまだ頑張らなきゃならないんだ」。温厚な表情の中に、強い意志を感じた。

膵(すい)がんが再発した65歳の男性は膵臓を全部摘出した。手術は12時間もかかった。膵臓がなくなったいまは、機能維持のために腕や腹部に1日4回、インスリンを自分で打ち、食事の度に血糖値を測らなければならない。大変なことなのに、淡々と自身の病について語る。

がんはごく早期なら切除するだけで完治するとされる。その一方で、転移や再発を起こしている進行がんは、やはり治療が難しいと再認識した。

しかし、他の患者たちの闘病ぶりを見て、「自分もへこたれないぞ」と誓った。

このコラムを書く直前、2人に携帯電話でその後の経過を聞き、「お互いがんばろう」と励まし合った。

45 啓発セミナーへ

■知り、考え、向き合う

このコラムを書きながら、こんな告白も変だが、がん患者になって以来、「がんばかり考えると心が折れる」と、まともに向き合うことを避けて来た。

3回目の手術後、二つの言葉が何度も思い浮かんだ。「方丈記」の冒頭の「ゆく河の流れは絶えずして」と、徳川家康の遺訓「人の一生は重き荷を負うて遠き道を行くが如し、急ぐべからず」だ。「あらゆるものは生滅し、永遠に変わらないものはない」という「無常観」のような思いも頭から離れない。

そんなこんなで考えた。「せっかくがんがくれた残された時間。がんについて学び、どう老いるかを考えよう」。覚悟を決めたら気持ちが明るくなった。

で、ずっと敬遠していたがん啓発セミナーを聴講することにした。公益財団法人札幌がんセミナーなどの主催で、3月下旬から4月中旬にかけて札幌で3日間計6回あった。

パンフレットには「『知る』『考える』『話し合う』ことで、がんと向き合う第一歩を踏み出しませんか」。がん検診の必要性、放射線治療の最新情報、たばことがん、緩和ケアなど六つのテーマについて大学教授らが講演した。

「人体は60兆個の細胞からできており、毎日6千億個（約600グラム）の細胞が死んで、同じ数が生まれる。単純計算で100日も経つと全く新しい人間になっている」

北海道医療大学看護福祉学部の小林正伸教授は「がんはどのように生じるのか？」の講座で、こんな話をした。1個の卵子から生まれた神秘だ。「ヘー」とため息が出た。

膵がんと血液型について「O型に比べ、他の型はリスクが1・5倍前後」。私はB型なので、思わずドキッとした。

専門家たちのわかりやすく興味深い話が続き、目からうろこが落ちる思いで聴講した。

46 陽子線治療とは

■手術なし　希望者急増

がん発症の原因は何なのか――。がん啓発セミナーで北海道医療大の小林正伸教授が資料を配布してくれた。

それによれば、がんには肝炎ウイルスなどによる感染症が原因のがんと、それ以外の2種類がある。感染に起因するのは胃・肝臓・子宮頸部・リンパ腫などでがん全体の17%を占める。肝炎ウイルスやピロリ菌などに感染すると、発症リスクは10倍以上になるそうだ。

感染以外は、喫煙、アルコール、肥満などの生活習慣の影響を受けて発症するという。「なぜ〝がん検診〟を勧めるのか」を解説したのは、有末太郎・KKR札幌医療センター斗南病院健診センター長。説明のスライドに最近死んだ愛犬の写真も入っており、有末先生はちょっと寂しそうだった。私も愛犬の北海道犬が「悪性黒色腫」の末期がんで2年前に死んだことを思い出し、ほろっとした。

「検診でがんが見つかると怖いというのは、早く見つかると助かることを知らない人だ」。有末先生の結びの言葉が印象的だった。私はがんに無知で検診なんて考えなかった。患者になった今、がんの話が出る度に周りに検診を勧めている。

「放射線治療の最前線」の講師は、北大大学院医学研究科の白土博樹教授。最新の陽子線治療などについて説明してくれた。この治療方法は、作詞家で直木賞作家のなかにし礼さんが昨年、食道がんを手術を受けずに治して話題になった。

陽子線治療を含めた放射線治療を必要・希望する患者は急増中だという。動く臓器（肺など）のがんを独自技術で追跡して陽子線を照射する、世界最小・最高精度の装置を備えた施設が14年春、北大に開設される予定だ。

ただ、陽子線治療は保険適用外だ。患者負担は220～280万円になるという。

47 研究者の「結論」

■「予防こそ解決の道」

がん啓発セミナー3日目の講義では、「たばこの害」が取り上げられた。私は吸わないが、他人のたばこの煙を受動喫煙させられ、いやな思いをすることがよくあった。

資料の中に、20歳以前から1日20本、50年吸っていたなどの条件で計算すると、1本吸うごとに寿命を14分縮めるとあった。これには、驚いた。

六つの講座を連続して受けた。がんに関わる様々な一端を知って、漠然と抱いていた不安が薄らいだように思う。もっと聞きたくなった。

セミナーを共同主催した「公益財団法人札幌がんセミナー」の小林博理事長を訪ねた。

「がんの研究は進んでも、治療が不可能な場合がある。がんにならないようにする『がん予防』こそ、現実的な解決の道だ」。86歳になる小林さんは、そう力説した。北海道大医学部で教授を務め、北大癌研の創設と発展にかかわった。がんの病理研究一筋の小林さんの「結論」である。

「面接によるがん患者・家族との相談」（無料、要予約）も担当、各地から相談者が集まる。これまでに千件を超える。

実は、小林さんもがん患者だった。還暦を過ぎてから肺がんが見つかり手術も受けた。再発はなく、日頃から足の屈伸など筋力鍛錬を欠かさない。「がんだけが病気じゃない。血管系の予防に血流をよくするんです」。元気さに圧倒された。

著書『がんに挑む　がんに学ぶ』（岩波書店）の末尾には、こう書かれていた。「がんを通していろいろ学んだが、一番大切なものは他人に対する優しい心、思いやりの心、他人の痛みのわかる心、家族に対するいたわりの心ではないだろうか。これが自分の喜びであり幸せでもある。『愛』の大切さを学んだ」。人柄がにじむ、心に残る言葉だ。

48 6種類の薬

■1カ月で7万6千円

大腸がんの患者になって満2年、転移肝がんの2度目の切除手術から4カ月半。体調はいいが、疲れやすくなった。

仕事で担当する南空知地方は、4月～5月下旬まで日照不足と低温が続き、例年になく農作業が遅れた。基幹のコメの田植えは、ようやくたけなわになった。農業の取材は大好きだ。生命の息吹を感じるから。

札幌の自宅では5月25日、初夏の陽気に誘われて鉢花やトマトなどの苗の移植をした。だが、抗がん剤の影響か、息切れや立ちくらみがする。時々座ってチューリップやツツジの花をながめ、ふと「晴耕雨読」の生活に思いをはせた。

手術後に開始した抗がん剤治療の臨床試験は、5月18日で3クール目が終わった。同24日の日鋼記念病院（室蘭市）の検査では腫瘍マーカーの数値は基準値内、造影CT検査でも再発のきざしはなく、経過は順調だ。

ただ、食欲不振や味の濃いものが食べたくなるなどの変化も起きた。診察時、主治医の舩越医師にそれを話した。

「連日の抗がん剤内服の影響で、粘膜が萎縮して味覚障害が起きているようです。腸の粘膜障害が食欲不振の原因の一つでもあります。ヒスチジンやグルタミンといった、腸粘膜の修復や腸炎を抑制するのに必要なアミノ酸を含む栄養剤を飲んでみましょうか」

と舩越医師。

粉末のアミノ酸を水に溶かしてジュース感覚で飲む成分栄養剤の「エレンタール」を試すことになった。

現在の飲用薬は、抗がん剤2種類と胃腸薬、肝機能強化などの4種類。これに栄養剤が加わった。薬局で渡された4クール目（約1か月分）の薬の量は大きな紙袋に二つ。薬代だけで7万6千円。3カ月後、半分近くが国から還付されるにしても、がんはお金がかかる。

49 信州ドライブ

■旅に感動　癒やされる

旅が好きだ。がん克服の良薬でもあると思うが、体調が安定せず、ままならない。最近は抗がん剤の服用中は、副作用で何を食べてもおいしくない。疲労感があって横になりたくなる。2年前の直腸がんの切除後から便意の時間が狂ったのも腰を重くさせていた。突然もよおして来るので、日常生活に緊張を強いられたが、ようやく元に戻って来た。

6月上旬。体力が回復して来たので、妻と長野県をレンタカーでドライブした。佐久市の水嶋クリニックへの通院を兼ねた気晴らしの旅だ。同クリニックには1年半前から、免疫力を上げる漢方薬の処方などをしてもらっている。治療後、諏訪湖畔の上諏訪温泉、南信濃の遠山郷《とおやまごう》、中山道の妻籠宿《つまごじゅく》、長野市を3泊4日でまわった。環境の変化で副作用が消え、食欲もでて楽しい旅になった。

旅への誘いは朝日新聞の夕刊。南アルプスのふもと、遠山郷の「下栗の里」の記事を読んで無性に行きたくなった。

国道からくねくねと細い山道を車で登ること数十分。標高800～1000メートルの険しい山中の空間に下界と隔絶されたような天空の集落があった。眼下の狭い谷を雲が流れて行く様は絶景だった。

島崎藤村ゆかりの妻籠宿（南木曽町）は再訪だ。最初に旅したのは20代の頃。あの時は岐阜県の中津川から中山道を1人てくてく歩いて馬籠宿《まごめじゅく》、峠を越えて妻籠宿に着いた。街道や町並みは少し変わった。約45年の歳月を思い、感慨にふけった。

長野市の善光寺では、早朝の「お数珠頂戴《じゅずちょうだい》」を体験した。本堂での毎朝のお勤め「お朝事」に向かう住職が数珠で参拝の人の頭をなでる儀式だ。

この旅で諏訪大社4社、戸隠神社（5社）の3社もめぐった。歴史ある建物や緑の豊かさに感動し、随分と癒やされた。

50 天寿、母の死

■生きていればこそだ

信州旅行から帰ってまもなくの6月12日未明。札幌市内の病院で、母が「老衰」で亡くなった。１９０９（明治42）年生まれ。享年１０５だった。

「生前の姿は、最後になるかもしれません」。病院から深夜に連絡があり駆けつけた。看護師は「呼吸しても体が酸素を取り込まなくなった」という。30～40分経って、モニター画面では母の呼吸がゆっくり止まり、15分後には心臓も停止。枯れ木が倒れるように逝った。

母は生への執着が強かった。「何としても１００歳まで生きる」と、90歳を超えても編み物教室に通った。手編みで指先を使い老化防止の努力を続けたせいか、ぼけはひどくなかった。

明治女の気骨だろうか。「靴下はきらいだ」と冬もはかず、外出時以外は死ぬまで裸足。「病は気から」と寄せ付けず、風邪も引かなかった。

1年ほど前に心臓の大動脈弁の動きが悪くなって不整脈を起こしたため入院した。入院でベッドの上だけの生活になったが、その前の介護老人保健施設では歩行器で歩くこともできた。亡くなる2日ほど前に見舞った時は珍しく体を起こしていて語りかけるなど元気だった。

100歳になったころ、なぜ長生きにこだわるのか聞いた。「生きていれば、テレビが見られて新聞や週刊誌が読める。毎日、社会で起きていることを知るだけで楽しい。死んだらこんな楽しみがあるのかい」。今でも、その声が耳に残る。

今、私はどうだろう。

ステージ4のがん患者になって、「未来に生きる時間は長くない」とつい口に出して家族に怒られた。母親から長寿の体をもらったはずだと。

振り返ると、がんになっていろいろ経験できた。この先の目標は、約30%以内という5年以上生存の仲間に入ること。未来の時間を長く、楽しく生きたいと思う。

51 左肺に影

■肺へ転移　４度目の手術へ

「左肺のこの影を転移じゃないと言い切るのは難しい。徐々に大きくなっています。8月に手術しましょう」

7月26日。日鋼記念病院（室蘭市）の診察室で、主治医の船越医師はCTやMRIの画像を示した。6月下旬にも「大腸がんの肺転移によく見られる丸い形だ」と話していた。「やはり手術か」。ため息が出た。

1週間前の採血検査で、腫瘍マーカーのCEAは1・9、CA19—9は6・3。基準値の範囲内で過去最低の数値。PETでも肺にがんを疑わせる画像は映っていなかった。だがMRIとCTでは丸い影がくっきり。直径約12ミリに育っていた。

この日は北大病院の抗がん剤臨床(治療)試験の最終日。「結果として(経口抗がん剤の)UFT(ユーエフティ)とUZEL(ユーゼル)では再発を抑えられなかったわけですが、転移は単発で明らかな肺以外への転移はありません。再度切除して病気をコントロールすることを試みましょう」と船越医師。

入院は8月13日、翌14日手術と決まった。方法は「胸腔鏡補助下肺部分切除術」。左脇腹に穴を3カ所開け、内視鏡の胸腔鏡と手術道具を挿入して行う。過去2回の開腹手術による計9個もの肝転移切除と違い、左肺の1カ所なので、手術時間は1時間半以内の予定だ。

書籍によれば、大腸がんの血行性転移には2ルートあるという。大腸から流れ出たがん細胞が、(1)静脈の血流に乗って心臓を通過し肺の毛細血管で止まる(2)門脈の血流に乗って肝臓に運ばれ、網の目状に張り巡らされた毛細血管で止まる、だ。

原発巣の切除前に大腸からこぼれたがん細胞が、抗がん剤や免疫の攻撃に耐えて転移先の肺でしぶとくがん化したのだろう。

「超えられない試練はない」

4度目となる手術を前に改めてそう思い起こしている。

番外編

早期発見カギ

（がん征圧全国大会の札幌開催の記事に寄稿）

11年6月、「肛門近くの直腸に最初に発生した原発巣（そう）があり、腸壁を破って血管に入ったがん細胞が肝臓に転移している」と医師から告知された。大腸がんだ。診断名は「直腸がん　同時性多発肝転移」。進行度を示すステージ（病期）は「4期」。私のがん治療は最も進行した状態から始まった。

直腸からこれまでに肝臓に転移2回、さらに左肺にも転移。13年8月に4回目になる肺転移の手術を終えた。これで計12個のがんを切除し、見えるがんはなくなったが、細胞レベルでは分からず、再発の不安は一生続くだろう。抗がん剤の投与は、薬剤を変えながら今も継続中だ。

発症後の変遷は、11年11月から連載中の同時進行ルポ「がんと生きる」（朝日新聞の道内面）に書きつづってきた。

実は「がんは怖い」とずっと思ってきた。振り返ると恥ずかしいが、それは「検診で見つかるのが怖い」という思いでもあった。告知を受けたあと、すぐに後悔したのは検診を怠ってきたことだ。報いは、最終ステージまでがんが進行している最悪の状態で返ってきた。

兆候はあった。腹部の膨張感や下痢・便秘の繰り返しなどだ。だが、がんに無知で早期検診は考えなかった。初期なら治癒の確率が高かったのに――。

がん患者になってから日々進歩する治療を知り、がんと向き合うことにした。

がんは正常細胞が悪性に転化してできる。加齢やストレス、免疫力低下などが関係しているという。発生させない体づくりに、漢方薬の飲用など免疫力を高める治療も続けている。

手術4回なら、顔色は悪く、精気がない姿を想像するかもしれない。だが、今はがん発見前より健康体になったと思う。

がんは早期発見がカギだ。それには症状がない段階で定期的に検診を受けることが重要だ。

52 4度目手術、退院

■湯治　もやもや消えた

8月14日。室蘭市の日鋼記念病院で、左肺に転移したがん1個を主治医の船越医師の内視鏡による手術で切除した。11年6月の発症以来、手術はこれで4度目だ。

診断名は、直腸がんの肝転移手術後の「左肺単発転移」。胸の真ん中のやや下部。左肺の下葉抹消部（下葉の心臓側）にできたごく小さな塊がじわじわと大きくなってきて、6～7月のCT画像などの所見や総合的な判断で、肺転移と診断されたのだった。

「転移を除去することで根治性を高められる可能性があります」と船越医師は話した。

私のがんとの闘いは、病期が最も進行した状態（ステージ4）から始まった。転移・再発の繰り返しは致し方ないだろう。幸運なのは、これまでに見つかった直腸や肝臓のがんはすべて取り切れたことだ。だが今度は初めての肺転移だ。

再発・転移はいつまで続くのか。次は手術が難しい場所だったらどうなる……。覚悟していたので手術の説明は気楽に聞けたが、途中から先行きの不安が頭の中をぐるぐるとめぐった。転移のショックで弱気の虫が起きたのかもしれない。

手術は正午すぎから始まった。手術台の上で横向きになって麻酔で眠り、執刀時間は50分ほど。左脇の肋骨の間に穴を開けて胸腔鏡と手術道具を挿入して行われた。目覚めたのは午後2時ごろ。家族によれば、摘出されたがんは灰色だったという。

退院は9日後の23日。傷痕はひりひりと痛む。それでも1人で特急列車に乗り、札幌の自宅に戻った。回復は順調で27日には岩見沢支局から美唄市に出かけて稲刈りを取材した。

抗がん剤投与は手術に備えて休止中なので、体が軽く気分もすこぶるいい。思い立ってその8月末には「二股らぢうむ温泉」(長万部町)へ。3泊4日の湯治が術後のもやもやした思いを消してくれた。

53 がん幹細胞を知る

■根治への光明感じた

手術の前後に、今回も読者の方から電子メールなどで温かい励ましや症状を改善させるワクチン療法などの情報をいただいた。改めて闘い方はいろいろあると再認識し、元気づけられました。ありがとうございます。

そんな思いを振り返っていた9月19日夜。NHKテレビのクローズアップ現代「再発・転移を防ぐカギ発見！がん幹細胞」を見て驚いた。

ずっと気にしている「再発・転移は続くのか」に対する答えがあった。録画を見直し、出演者らの言葉を文字におこしたら、ノート9ページにもなった。

これまで、がんは正常細胞の遺伝子が傷ついてがん細胞に変化し、それが分裂を繰り返して作ると思っていた。

ところが番組では、がんの中にこのがん細胞を生み出す親玉の未知の細胞「がん幹細胞」が見つかり、抗がん剤を投与しても生き残って、再発や転移に深く関わっているというのだ。

このがん幹細胞を殺せれば再発や転移を減らすことができ、生存率が飛躍的に高まるだろうと締めくくられていた。

「自分のがんに根治はない。再発と転移の不安は生涯続く」。そう覚悟をしているが、紹介された研究内容はそんな思いに、光明を感じさせてくれるものだった。

ノートを繰りながら、番組の内容を抜粋してみた。

がん幹細胞はこの10年余りの間に、脳腫瘍、白血病のほか胃・膵臓・肺・肝臓・大腸・乳がんで見つかっている。研究者たちが考えるがん増殖のメカニズムはこうだ。がん幹細胞から生まれたがん細胞は一定期間、急速に増殖し、やがて止まる。だが、がん幹細胞が若いがん細胞を次々に生み出すので、がんは大きくなっていく――。

がん幹細胞を死滅させるためにはどうすればいいのか。次回もこの番組の話を続ける。

54 がん幹細胞の死滅

■新薬開発に期待する

「早期発見で全てを取り切れなかった場合の治療の難しさは再発と転移です。手術や抗がん剤、放射線を組み合わせた治療で5年生存率は向上しているが、救えない患者も多いのが現実です」

クローズアップ現代（ＮＨＫ）の国谷裕子キャスターの声がずしんと胸に響いた。

9月19日放映の「再発・転移を防ぐカギ発見！　がん幹細胞」。多くの患者を救うには、

「がん幹細胞」を死滅させることがカギになる。がん幹細胞はがん組織の中に約1％か、それ以下含まれている。分裂が遅く普段はじっとしているので、がん細胞を生み出すタイミングの予測が難しい。そんな中で、二つの研究例が紹介されていた。

一例目は遺伝子の動きをめぐる研究だ。がん細胞は分裂するときにＤＮＡの二重らせんがほどけて不安定になる。抗がん剤はその瞬間を狙い撃ちにするが、頻繁に分裂するので薬が良く効く。一方、がん幹細胞は分裂の頻度が非常に低いので効きにくい。分裂を抑制する遺伝子があるためで、この遺伝子の働きを弱められれば分裂しやすくなり、抗がん剤が効くようになる。マウス実験で証明された。

二例目は意外な薬の効果だ。がん幹細胞の表面にある栄養を吸い込むためのポンプにふたをすれば、弱体化して死んでしまう。ふたになる物質はリウマチの薬にあることが分かった。臨床研究やマウス実験でがん幹細胞の減少が判明したという。

テレビ映像を見ながら興奮した。いずれ新薬が開発される。臨床研究があるなら参加したいと。研究はまだ始まりにすぎないが、世界中で精力的に研究が展開されており、期待できる。

東京五輪開催が決まった時、「それまでは生きる」と決心した。8月には男の孫が初めて生まれた。彼と語り合える日まで生きたい。効果的な治療薬が出れば、もっと生きられるはずだ。

55 白内障の手術

■15分で世界が美しく

がん患者になって2年5カ月が経過した11月27日、スリリングな体験をした。白内障になった左目の手術を岩見沢市内の眼科で受けることになったのだ。

約1年前から左目の調子が悪くなった。新聞の活字がどんどん見えにくくなり、見ようとする物体は、湯気が満ちた浴室の中でピントが合っているような状態だった。光が乱反射するので、車の運転は対向車のライトがまぶしくて怖かった。遠近両用のメガネをつくったが、その際の診察で白内障だと分かった。瞳の奥の水晶体が濁って視力が低下する病気だ。

「加齢が主因」とされたが、文献によると、抗がん剤の副作用の吐き気抑止などに使われるステロイド剤なども関係があるようだ。

手術前に眼科でもらったパンフレットにはこう説明があった。「水晶体はカメラのレンズに相当し、直径9ミリ、厚さ4ミリの凸レンズの形をしている。正常なら透明で光をよく通すが、さまざまな原因で中身のたんぱく質が変性して濁ってくる。光がうまく通過できずに散乱し、網膜に鮮明な像が結べなくなる」。手術は「眼球を約2・2ミリ切開して水晶体を超音波で砕いて取り出し、直径6ミリほどの眼内レンズを入れる」というやり方だという。

「怖いな」と思っていた手術は意外なほど短かった。入室から退室までわずか15分ほど。仰向けになって麻酔薬を点眼後、見開かれた眼《まなこ》に機械音が迫ってくると、手術台をつかむ手に力が入った。見えていた3点の光が少しずつ壊れるように消えてぼんやりした後、再び3点の光が見えて来て手術は終わった。痛みもなく、安心な手術だった。手術料は約5万円。眼科医には「右目も軽い白内障だ」と言われたが、いまのところ手術は必要ないという。

ともあれ、術後の光景は世界が変わったような美しさで、うきうきしている。

56 抗がん剤治療再開

■再発予防へ2剤併用

転移肺がんの手術で、7月下旬から休んでいた抗がん剤治療を日鋼記念病院（室蘭市）で10月から再開した。

休止中の3カ月弱は体が軽かった。あの何ともいやな副作用を忘れてのびのびと過ごした。

「大腸がんと肝転移の告知を受けた時のことを思うと、いまこんなに元気でいられるのが信じられません」。主治医の船越医師に思いを話した。「私も2年後にこんなに元気とは想像出来ませんでした。ステージ4の患者では少ないです」と励ましてくれた。

2週間前のCTとMRIによる検査では、画像にがんを疑わせるものは映っていなかった。ほっとしたが、再発の可能性は否めない。「このまま手をこまねいているのは不安です」。そう訴えると、船越医師は「カペシタビン（商品名ゼローダ）とオキサリプラチンを組み合わせる『XELOX（ゼロックス）療法』をやります」と、抗がん剤の2剤併用を示した。術後再発予防に行う最も有効とされている療法の一つだ。

通常は1クール3週間。mFOLFOX（フォルフォックス）6療法の1・5倍のオキサリプラチンを約2時間かけて点滴で注入。その後、ゼローダを朝夕食後に14日間服用し7日間休薬する。今回は負担を減らすために2週間（ゼローダ7日間服用）の方法で行うこととなった。

抗がん剤療法はこれで四つ目。ゼローダは初めての使用だ。製薬会社の説明書には正常細胞への影響を少なくしながら、効率良くがん細胞を攻撃して増殖を抑えると記されていた。

オキサリプラチンは、がん細胞の遺伝子（DNA）に働きかけて増殖を抑え、ゼローダとの併用で治療の効果が高まると考えられているという。

一昨年の手術後にも、この薬剤を他の抗がん剤と併用した。点滴中に急激に鼻水や頭に発疹とかゆみが出て中止になったので、今回も少し気がかりだった。

57 克服への闘い続く

■励ましが気力の源に

やはり、オキサリプラチンがアレルギー反応を起こした。日鋼記念病院（室蘭市）での11月15日の3クール目のことだ。

点滴開始から約30分、顔面が紅潮しボーッとしてきた。手のひらや腹部、首回りが異常にかゆく、発疹も出て中止に。

この抗がん剤とはどうも相性が悪い。点滴後の夜はいつも神経が異様な興奮状態になって眠れず、薬剤が体外に排出されるまでの3～4日間は吐き気や悪寒、疲労感などの副作用が強かった。

アレルギー発生で治療の続行に不安をおぼえ、12月6日の通院日に船越医師に相談した。船越医師は「（併用していた）ゼローダだけにして、当面、来年3月末までは続けましょう。このまま気づいたら再発してないとなればいいのですが」と話した。ゼローダは続けたかったのでほっとした。

さて、13年はもう師走。この1年の西洋医学治療以外の取り組みを振り返ってみる。

水嶋クリニック（長野県佐久市）での漢方煎（せん）じ薬や「丸山ワクチン」、鍼灸による治療は、満2年。免疫力や自然治癒力を高めたいとの思いで始めた。漢方は十数種の薬草入り生薬を、妻が毎日煎じてくれて、1日2回飲む。今年の通院は、夫婦で気晴らしの旅を兼ねて5回。その都度、手足の先などの自律神経を刺激して免疫力を上げる鍼灸治療も受ける。

おかげで大幅に低下していた免疫力が、がんをやっつける期待が持てるほど上がっている。

長万部町の「二股らぢうむ温泉」への湯治は今年3回。年末年始も6泊7日で毎日約7時間、湯煙の中で過ごす予定だ。

今年も仕事を続けさせてもらい、多くの人に励まされてきた。治癒とされる手術後5年以上生存の道程《みちのり》は遠いが、人とのつながりが長期戦を闘う気力になっている。感謝しています。

2014年
（平成26年）

闘病4年目。春、朝日新聞社を退職。
主治医の転勤で通院は旭川市へ。
夏、3年間続けた抗がん剤投与をひとまず終了。

58 薬の怖さを体験

■運転中　強烈な副作用

年末年始、再び長万部町の「二股らぢうむ温泉」に1人で6泊7日の湯治に出かけた。直前の12月中旬、娘夫婦が住む京都と大阪への旅の後に、通院先の長野県佐久市の水嶋クリニックに立ち寄った。その際、水嶋丈雄院長に「今の漢方薬は体に合っているので続けましょう。ラジウム温泉に入浴するのも体にいいですよ」と薦められた。日鋼記念病院（室蘭市）の暮れまでのCTなどの画像検査では、再発らしい塊は肝臓や肺などに映っていなかった。これも気持ちを楽にしてくれた。

12月29日、車を運転して出発したが、途中、思わぬ事態に遭遇した。強烈な下痢だ。抗がん剤のゼローダを朝飲むといつも軽い下痢がある。ところが、この日は札幌市内の国道の雪道で車ががたがたと揺れたせいか、運転中に2回も激しい腹痛に襲われた。衣服を汚さないよう必死にコンビニエンスストアまで耐えてトイレに飛び込み、ことなきを得た。

一昨年の夏にトイレのない山の中で取材中、別の抗がん剤で同様の体験をしていた。教訓を忘れていた。

ようやくたどり着いた温泉の湯は心地良かった。湯温37〜42度に応じて浴槽がある。いつも長時間つかるのは37度。汗をかかないので疲れない。1回1〜3時間。食事以外は入浴なので、1日計8時間前後つかる。

宿は満員。多くは脳梗塞やがん、皮膚病などの治癒を願い、1〜2週間滞在する湯治客だ。

前回「年末年始は湯治に行く」と書いた。湯煙の向こうから突然「高橋記者はいますか。読者です」と呼びかけられてびっくり。思わず「はい」と手を挙げた。「抗がん剤がいやでさ。ここでの湯治は2年目」という男性だった。食堂でもご夫婦から「連載を見て来ました。お元気で良かった」と声をかけていただいた。

さまざまな湯治客との会話は心身を回復させる力になる。

59 ラドンの効果に期待

■湯治4日目　発疹再び

年が明けて湯治4日目。両足に小さな赤い発疹が広がり、翌日は腕にも現れてかゆみも始まった。1年前の年末年始に湯治した時と同じ症状だ。

あの時は驚いたが、湯治客から「体の中から毒素が出る好転反応だ」と聞かされた。発疹が消えるまでひと月以上かかったが、湯治後は体が軽くなり体調も良くなったのを感じた。

発疹は出たけれど効能はあるのか。湯煙の中で話題になったので、支局に戻ってから改めてラジウム温泉に関する解説本を3冊ほど読んだ。

書かれている効能を要約してみると、こんな内容だ。

ラジウム温泉は、一般的には放射性物質のラジウムが壊れて変化したラドンを多く含む温泉の呼称だ。ラドンは低線量の放射線を出す気体で水に付着しやすいので、湿気とともに簡単に体内に取り込める。

入浴中に湯気になって蒸発するラドンガスを吸い込むと、肺から血液に入って全身の細胞周辺に運ばれる。細胞周辺に達したラドンは崩壊しながらアルファ線を放射、がんの発生原因でもある活性酸素を除去するほか、免疫系の正常化やがん抑制遺伝子の活性化も後押しする。

ラドン浴による治療はぜんそくや関節炎、アトピー性皮膚炎などに効果があり、がんの再発防止なども期待されている。

代表的な温泉は、岡山大学が医療センターを開設して温泉療法を施していた鳥取県の三朝《みささ》温泉や、「がんに効く」などとテレビで紹介されたことがある秋田県の玉川温泉だ。いいことばかり書いて、と思うかもしれない。効果の有無は人それぞれだ。ただ長年通う湯治客に体験を聞き、本を読んで、自分には効果がありそうだと思うようになった。

今は再発防止が最大の願望だ。抗がん剤、漢方薬などの治療に頼りながら、ラドンの効果にも期待している。

60 やめなさいと言われても

■次善策ないと難しい

「CTの画像に再発を疑わせるものは映っていませんが、腫瘍マーカーのCEAが2・9から4・9に上昇したのが気になります」

13年の師走が終わろうとしていた27日。通院先の日鋼記念病院（室蘭市）で、主治医の船越医師が話した。

「転移肝がん再発の前兆でなければいいのですが。念のため、次回から（抗がん剤の）オキサリプラチンを再度使いたい」

点滴注入のオキサリプラチンは手術後の再発予防を目的に、錠剤のゼローダと併用する抗がん剤治療の「XELOX（ゼロックス）療法」で12年10月中旬から使い始めた。だが、3クール目の点滴中に体にアレルギー反応が起きて中止に。以後はゼローダの単独飲用を続けていた。

年明けの1月10日。薬から受けるダメージを軽くするため、オキサリプラチンの量を少し減らし、点滴時間を倍の4時間にして再開した。不安だったが、点滴中も帰宅後も何事もなくほっとした。2週間ごとの療法はその後も順調だ。

最初の直腸がんの手術から2年半余り。この間に転移がんの切除手術が3回。抗がん剤治療はずっと継続中で、副作用も続いている。

副作用と言えば、吐き気やしびれなど抗がん剤の副作用緩和に長期間使用しているステロイド剤が、近頃は気になる。影響が否定できない左目の白内障の手術以来、体内の他の機能へは波及していないのだろうかと思う。

私の病期の「ステージ4」は、完治の目安とされる手術後5年以上の生存率は30％未満だ。だからいろいろな方策で再発させずに共存する状態に持ち込みたい。

本の新聞広告で「抗がん剤はやめなさい」「効かない」がやたらと目に付くので読んでみた。主張は理解できるが、求めている答えはなかった。「やめろ」と言われても次善の策がなければ難しい。

61 2度目の定年

■「風立ちぬ」の詩思う

　突然ですが、60歳の定年退職後も岩見沢支局で続けさせてもらった記者を、13年3月31日付で辞して退社しました。

67歳。岩見沢勤務は定年1年前の59歳から8年半。思い起こすと、着任の翌年は担当地域の夕張市で財政破綻が発覚。全国、海外でニュースになり、取材で忙しかった。

支局最後の仕事も夕張の記事。くしくも「週刊　新発見！日本の歴史48号」（朝日新聞出版発行）の「夕張破綻」の原稿だった。

支局を去る前に段ボール箱の取材資料を整理したら、かつて関わった米空母の小樽寄港や国後島の火山「爺爺岳（ちゃちゃだけ）」の日ロ共同調査、本社機で飛行取材したサハリンの石油採掘など思い出が眠っていた。

　現場取材変遷の締めくくりは、自らのがんとの闘いの記録だ。上司や同僚らから「記者だからこそ同時進行ルポを」と勧められた。「ステージ4」の進行がん告知から、

30％未満とされる手術後5年以上の生存をめざす4度の手術や抗がん剤治療など、日々の体験や思いをつづっている。

実はこの取材資料の整理中にコラム連載を書く動機にもなった古い新聞記事が出てきた。03年1月の毎日新聞の特報版だ。

定年目前に末期がんを宣告された同紙の記者が、最後まで生きようとする思いを定年延長してまで書いて亡くなった15回のルポの連載だ。秋田県の玉川温泉で地面に横たわって岩盤浴するがん患者の写真が強烈な印象になり、ずっと頭から離れなかった。

当時は、自分が重症のがん患者になるとは考えもしなかった。なぜ保存していたのか。紙面を見ながら、今は似た境遇になった不思議な縁を思った。

「風立ちぬ、いざ生きめやも」。退職を決意した12年暮れ、ふと思い浮かんだ。昔読んだ堀辰雄の小説「風立ちぬ」の中の有名な訳詩だ。

生きようとする覚悟と、不安が生まれた瞬間をとらえているとされる。今の自分の心情にぴったりだ。

62 糖尿病と診断されて

■すぐ治療開始　運動も

つい最近、糖尿病にかかっていることが分かった。

昨年11月下旬、左目の白内障の手術以来、抗がん剤治療で吐き気などを抑えるために使うステロイド剤が、目など体の機能に影響を与えているのではと気になっていた。インターネットの検索でも、白内障や糖尿病を誘発する可能性が載っていた。

通院先の日鋼記念病院で2月、主治医の船越医師にお願いして採血で糖尿病型の検査をしてもらった。

調べたのは、過去1～2カ月の血糖値の平均を反映するHbA1c（ヘモグロビン・エーワンシー）。数値は7・6（正常値4・6～6・2）と高かった。

「糖尿が進んでいて数値がよくない。すぐ糖尿病の治療を受けて下さい。原因はステロイドでしょう」と船越医師は話した。

糖尿病は放っておけば失明したり、腎不全や神経障害を起こしたりする厄介な病気だ。

だからといって今、抗がん剤治療を止めるわけにはいかない。悩ましいが、両方とも克服するしかない。

抗がん剤の点滴注入から1週間後の3月3日。札幌市内の病院で初めて糖尿病の診察を受けた。ヘモグロビンA1cは8・1と異常に高かったが、空腹時の血糖値は正常値に近い。担当医師はこう説明した。

「血糖降下剤のインスリンの使用がいいが、正常値に近い状態で使うと低血糖症になる。抗がん剤を使う日の血糖値の動きを調べてから対応したい」

3月に2回、抗がん剤の点滴日に自分で指先から血液を採取して測定器で血糖値を測定した。予想通り数値が普段より上昇した。4月は点滴後の食事のあとにインスリンを腹部に注射して、その効果をみることになった。

一方、同じ病院の眼科では、両眼が糖尿病による「単純網膜症」と診断された。症状は軽いという。

糖尿病予防の基本は食事と運動だ。食事はがん患者になってから気をつけている。問題は運動だ。糖尿病のせいか、立ちくらみが時々あるが、治癒力アップに手軽なウォーキングから始めることにした。

63 転院

■主治医と共に旭川へ

最初の手術から2年半余り。昨夏の転移肺がんの手術後、CTやMRIの画像検査などでは再発の兆候はない。だが、3月に判明した糖尿病や抗がん剤投与中にたびたび起きるアレルギー症状が不安で、近ごろは気分がどうも落ち着かない。

さて、がん治療の現状はどうかというと——。

「今は再発の手術を3回した後なので未知数の段階。3年ほど経ったが、同じステージ4の患者でも3年経ってこう元気にはいきません。高橋さんは体力が維持されているから、たとえ再発しても治療の選択肢はまだ残されています。この病期の中では幸運な方です」

通院先の日鋼記念病院で2月、主治医の船越医師からこんな説明と励ましを受けた。

今の抗がん剤療法は、オキサリプラチン（点滴注入）とゼローダ（錠剤服用）の2剤併用。これについては「ステージ3の術後再発予防療法に準じて考えると、10～12回続けると再発予防の効果が期待できるかも知れません。２週間ごとに体調を見て薬の量を加減しています」と話した。

アレルギー症状はオキサリプラチンの点滴で起きる。過去に２回。それが３月28日の８回目の治療中にも強い吐き気や発汗、血圧上昇などで現れた。吐き気防止剤の追加点滴でどうにか治まったが、どうも相性が悪い。

そんな中、船越医師が４月から旭川市の厚生病院に勤務することになった。

２年前、札幌市の厚生病院から日鋼記念病院に転勤したので、いっしょに転院した。船越医師の所属は「北海道大消化器外科学分野１」なので、そろそろと予想はしていた。

３年前の告知から手術、抗がん剤治療をずっと担い、私の病状は誰よりも把握してくれている。今回も気分転換を兼ね、いっしょに旭川厚生病院へ移ることにした。

64 旭川へ通院

■信頼する主治医と闘う

４月15日、主治医の船越医師の転勤先である旭川厚生病院（旭川市）に初めて通院した。日鋼記念病院（室蘭市）での抗がん剤治療を継続するためだ。

外科医の船越医師とは11年6月に札幌厚生病院で出会った。原発巣の直腸がんの手術を執刀してもらった。翌年春には日鋼記念病院に転勤。そこで2年間の勤務後の今年4月、旭川厚生病院へ異動した。

この間、肝臓や肺に転移したがんの切除と抗がん剤治療を担い、経過を診てくれている。

季節は長い冬が終わり、快適な春へ。車の運転は気晴らしにもなる。高速道路を使って往復することにした。走行距離は札幌の自宅から片道150キロ弱。石狩平野を駆け抜けて上川盆地へ約2時間のドライブだ。

帰路は抗がん剤の副作用で気分が悪くなることが多い。だから妻の運転は欠かせない。今度も二人三脚の通院だ。

旭川厚生病院は、道内に20カ所ほどある「地域がん診療連携拠点病院」に指定され、道北地域のがん診療などの中核病院でもある。旭川市は人口約35万人。訪れた外科の外来は診察を待つ人で混んでいた。

2回目の5月13日の通院は早朝6時に自宅を出発した。到着後、採血をして白血球数などを検査。2階の化学療法点滴室で抗がん剤の点滴注入を受けたが、採血後、始まるまで3時間ほど待たされた。

「化学療法の患者さんが増えて待ち時間が長くなって」と女性看護師が申し訳なさそうに話した。点滴は午後5時ごろに終了。途中で食事をし、自宅に着いたのは日がとっぷり暮れた午後8時ごろだった。

人からよく「どうして旭川へ通院するのか」と聞かれる。

いつもこう答えている。

延命治療はうまく行っている。メスが入ったこの体や抗がん剤治療の効果は主治医にしか分からないことだってある。「信じる者は救われる」じゃないが、信頼している。ともに闘ってくれるパートナーとしても。だから主治医は変えたくない。

65 自分なりの統合治療

■心身癒やす漢方・温泉

退職後、記者生活の緊張感から解放されて間もない4月23日、長野県佐久市の水嶋クリニックに妻と通院した。

水嶋丈雄院長は西洋医学にも東洋医学にも精通し、手術や抗がん剤治療で落ちた体力や免疫力を上げるために、漢方薬や鍼灸などを使って治療してくれる。

11年12月の肝転移していたがんの切除手術後、妻が探して来て概ね3ヵ月ごとに通院中だ（16「東洋医学との出会い」参照）。主治医の船越医師の了解も得て続けている。

今回の通院で偶然、札幌に住む幼なじみの友人夫婦と一緒になった。私の通院を知って自分たちもと通い始めた。「定年と還暦を迎えた記念に2人で受診したPET（ペット）検査で、妻にかなり進んだ膵（すい）がんが見つかって手術。術後の抗がん剤治療は半年で終わったが、免疫力を高める漢方の煎じ薬は今も飲み続けている」と話していた。がんに負けない人の体験談は私には何よりの良薬だ。

佐久の隣の小諸城址《じょうし》はサクラが満開だった。天守閣跡に立つと、眼下の一面の花が美しく、心身がたっぷり癒やされた。

旅から戻った4月末から長万部町の「二股らじうむ温泉」に7泊8日の湯治に出かけた。糖尿病にも効くというので、その効果も願ってつかってきた。

帰ってから、最近のがん治療には西洋医学に伝統医学や心理学などを加えた「統合医療」が注目されていることを知った。

こういうことのようだ。

悪い部分に直接作用して治す「対症療法」中心の西洋医学に、症状とその背景の心身状態も診る「原因療法」中心の漢方などを組み合わせる治療法だ。西洋医学で「治療不可能」と言われた症状に対し、有効性が数多く見られるという。

私も長期生存へ複数の療法に頼っている。東洋医学での治療やラジウム温泉での湯治、血行を良くするマッサージなどだ。

これって自分なりの統合医療ではないかと気づいた。自分の選択に自信が出てきた。

66 発見から満3年

■体は消耗、でも前向き

11年は3月に東日本大震災が発生。4月には飼い犬の北海道犬が末期がんで死んだ。どちらの出来事も心の痛みが大きくて、以来、すっかり涙もろくなった。

直後の6月にがんが見つかった。早いもので、がん患者になって満3年になる。

その月の中旬。岩見沢市内の消化器内科で撮影した大腸カメラの画像を持って札幌厚生病院を訪れた。画像を見た医師から「99・9％大腸がん。手術は早いほうがいい。明日にでも入院すべきだ」と促された。

がんは2人に1人がかかるとされる。64歳だし、かかっても仕方がない……。

手術前の検査で、原発巣は直腸がん。肝臓に転移した複数のがんも判明。進行度は最も進んだ「ステージ（病期）4」、余命は「治療しなければ2年」と説明を受けた。

この病期では、手術後も5年以上生存できる率は低い。「5年先の未来はあるのか。それとも死ぬ時期がそこまで来ているのか」。一時は観念したが、家族らの励ましでがんと向き合って来た。

あれから4度の手術と抗がん剤療法による延命治療に耐えてきた。この9カ月余り、体にがんの塊は見えない。ここまでは幸運だった。

ただ、3年間の闘いで体がかなり消耗した。近ごろは加齢もあって、めっきり体力が落ちたと感じる。今の2週間ごとの抗がん剤投与もつらくなっている。

5月の通院日。「今の治療が終わり、CTなどの画像検査で再発の兆しがなければ、抗がん剤を少し休みたい」。主治医の船越医師にこう相談した。

船越医師は「薬が強いので休むのもいいかもしれません。6月の通院の際に決めましょう」と答えた。

休めば再発の不安はある。じゃあ、非科学的だけど、がん細胞を攻撃する免疫機能を高める「笑い療法」でもやるか。前向きな気持ちは失いたくない。

67 抗がん剤投与終了

■副作用から解放、爽快

7月初め、3年間続いた抗がん剤治療がいったん終了し、悩ましかった副作用からようやく解放された。

昨夏までの4回の手術でがんの塊は取りきれた。が、おそらく細胞レベルでは残っていて、再発の可能性はある。これらをやっつける「術後補助化学療法」の抗がん剤使用が、治療目標の回数にほぼ達したのだ。

完治したわけではないが、ひとまず気分は爽快だ。

長期間の抗がん剤使用のせいで、昨年の晩秋から体力がなくなり、体の衰弱を感じるようになった。投与の終了は私の願いだった。主治医の船越医師は、6月24日の通院治療を投与の最終回と決めてくれた。

この日はMRI検査も受けた。ひと月前のCT検査同様、画像に再発を疑わせる塊は映っていなかった。ほっとした。

「この後は（点滴薬と併用の経口薬）ゼローダを飲み終えたら抗がん剤治療は休みます。検査は続けます」と船越医師。

以前、診察中に「ここまで回復できた私は幸運ですよね」と問いかけたら、こんな言葉が返ってきた。「今のところ、1億、2億とは言えませんが、5千万円くらいの宝くじに当たったようなものです」。

6月24日の説明には妻も同席した。船越医師の「このまま気づいたら完治していたとなればいいのですが……。長期になったがん患者生活はつらいかもしれません。しかし、逆に言えば、ここまで生かされているのは、まだ人生やるべきことがあるからですよ」との励ましの言葉がうれしかったという。

体調は日ごとに良くなってきた。その一方、体内には副作用の影響がしぶとく残っている。手足の先のしびれは、抗がん剤オキサリプラチン（商品名エルプラット）の再度の使用で、3年経った今も続いている。

抗がん剤治療をめぐっては、「がんを治すことも延命効果もない」などと否定する声が医療関係者らにある。だが私は治療のおかげで、完治にこぎ着けられる希望が持てた。

68 運動で再発予防

■ゴルフ再開、脚力増す

2週間ごとに通院して続けた抗がん剤治療が終わって約1カ月。気になるのは再発予防だ。

薬にばかり頼っていられない。これからは再発後の手術に備えて体力もつけたい。大腸がんの再発予防には免疫力をアップさせる運動が最適だというので、退職後の4月から心がけている。

まずはラジオ体操やウォーキングから。が、自宅周辺を歩くのは単調だ。やはりゴルフがしたい。5月下旬から再開した。陽《ひ》を浴びながら芝生を踏む。脚力が増して、実に心地よい。

再開のきっかけは、膵がんの患者だった札幌市の田野博隆さん（70）とのプレーだ。病《やまい》に向き合う姿に刺激された。

設備会社の社長だった60歳の時に、エコー検査で偶然、膵臓に直径1・7センチの腫瘍が見つかった。痛みなど前兆はなかった。もし3センチだったら余命1年以内。ひと月でその大きさに達すると診断されて手術を受け、膵臓の3分の1を切除した。

手術後、内臓が落ち着くまでの4年間は、体をひねるゴルフや車の荷台からの飛び降りなどを禁じられた。そして、退院後はインスリンを注射する糖尿病患者の生活になった。

ゴルフは65歳から再開した。手術の翌年、伊達市に「山小屋」と呼ぶ家を自分で建て、夏は1人で悠々自適の生活を続けている。

「おれの病気には運動が一番。ゴルフを再開したら足に筋力がついて、糖尿病も良くなった。人間、動いていないとだめ。人と接すれば精神的にも強くなれる」と明るく話す。

がんをめぐる問題の解決に向けて活動している公益財団法人・札幌がんセミナー理事長の小林博・元北大医学部教授は、4月の市民向けセミナーで「がん予防は身体運動から」と題して講義した。

欠席して拝聴できなかったが、後日、先生から届いた小冊子の名は「運動はくすりに勝る」。「大腸がんには予防効果がはっきりしており、乳がん、膵（すい）がん、肺がんなどの予防も言われている」と記されていた。

69 自然治癒力高めたい

■代替療法も頼りに

「晴耕雨読」。退職したらそんな生活がしたいと思っていた。退職前の岩見沢支局では、その時に備えて市の「アグリカルチャー講座」に参加して農業のさわりを体験。うどん打ちもした。

さて3カ月後の今は――。田畑《でんぱた》こそないが、通院治療の合間に、園芸療法と言うか、庭の小さな菜園をいじったり、雨の日は好きな時代小説などを読んだりして過ごしている。

退職直後、体は抗がん剤の副作用や罹患《りかん》した糖尿病のせいか、立ちくらみや少し歩いただけでも息切れがして、体力が落ちていた。寒風に当たると、副作用の末梢《まっしょう》神経障害による手足の先のしびれが、ピリッと刺すような痛みに変わることもあった。

これではいかん、と思っていたら、35年ほど前の春グマ猟の取材を思い出した。猟師から、冬眠を終えたヒグマは、しばらくは穴にとどまりながら陽当たりのいい斜面に通い、日光浴で体力を回復させると聞いた。

その伝で、毎日何回か庭に出て陽を浴びることから始めた。花や野菜の苗を植え、雑草を取る。ゴルフなどで体も動かした。体のリズムが整うと、立ちくらみは消え、体力が戻ってきた。

3年間の抗がん剤治療を終えた今、再発予防は免疫力を高める代替療法も頼りだ。食事療法、漢方、湯治、気功整体、血行マッサージ……。抗がん剤治療と並行して続けてきた。

以前に自然治癒力を高める方法を記した「がんにならない　がんに負けないための本」を読んだ。

「がんの根本治療法は血液をきれいにすること」「がんは体温35・5度以下で最も活発に増殖する。臓器を冷やさないように体温を上げ、血流を良くしておくことががんにならない秘訣《ひけつ》」などのくだりに惹《ひ》かれた。代替療法は、家族の強い薦めもあって始めた。

3年間の治療を経て「がんと向き合えば治せる」との思いを強くした。代替療法もきっと効果を発揮してくれるはずだ。

70 生きる力もらった

■RFL　温かさに触れ

夏の終わり。秋を感じさせる爽やかな風が吹いた8月30日。がん征圧と患者の支援をめざすイベント「リレー・フォー・ライフ・ジャパン（RFL）2014室蘭」に参加し、自らのがん体験を話した。

RFLは、がん患者や家族、支援者らが夜通し交代で歩き、勇気と希望を分かち合うチャリティーイベントだ。説明資料によると、米国人外科医が1985年、「がんは24時間眠らない」「がん患者は24時間闘っている」というメッセージを掲げてがん患者の勇気をたたえ、支援するために走ったことが始まりだ。

今では24カ国に広まり、日本では06年に始まった。主催は対がん協会と各地のボランティアでつくる実行委員会。40カ所以上で開催されている。

室蘭市では毎年催され、今年は7年目。会場は白鳥大橋を見上げる道の駅の広場で、18チーム約500人が参加し、交代で24時間、場内の特設コースを歩き通した。

私が招かれたのは特設ステージでの講演。演題は「がんと共に生きる〜終わりなき闘い」。約1時間。ステージ4のがん患者としての3年間の体験や、負けない生き方などについて話した。だが、耳を傾けてくれた人たちに思いが伝わったかどうか……。

講演後、この連載を読んで「高橋さんの元気さに励まされています。お会いしたかった」と読者の女性患者2人が声をかけてくれた。子宮体がんや乳がんで治療中だった。

ほんの短時間の会話だったが、そこは患者同士。がんに打ち勝ちたいという希望は共通だ。会場に流れる患者や支援者らの温かい空気もあって「今日は生きる力をもらった」と感じた。

今年は6月に岩見沢市でもNPO法人に頼まれて講演した。がんを抱えながら、自分らしくどう生きるか――。体験を語ることで、がん問題の啓発になればと引き受けている。

71 日々是好日

■弱気の虫、禅語で対抗

旭川厚生病院への通院は月1回。経過観察の検査を続けている。3年間の抗がん剤投与で血液製造工場の骨髄にもダメージを受け、血液検査による白血球や血小板などの数値はまだ基準値に戻らない。だが、感染症もなく身体の状態はおおむね良好だ。

気がかりは3月に判明した糖尿病だ。抗がん剤と一緒に点滴注入する、吐き気などを抑えるステロイド剤が主因で罹患した。

3月の血液検査では、過去1～2カ月の血糖状態を反映するヘモグロビンA1c（HbA1c）の数値は高血糖の状態の8・1。合併症（神経障害、網膜症、腎症）が進みやすい状態だった。そのため、米飯など炭水化物を減らす食事療法に加え、抗がん剤注入時に血糖値を測り、インスリンを腹部に注射して血糖を下げる療法を続けた。

その結果、ヘモグロビンA1cは、7月は6・1、抗がん剤投与を止めて60日ほど経った8月末は正常値に近い5・9まで下がり、診断で「インスリン注射や投薬は不要」とされた。糖尿病もひとまず克服できた。これも幸運だった。

「日々是好日（にちにちこれこうにち）」。近ごろ、ふと頭に浮かんだ禅語だ。10月には68歳になる。退職してから5カ月。「自遊」な日々を過ごしながら、心の持ち方を考えていたら文字が浮かんだ。旅で訪れた寺で見て記憶に残っていたのだろう。

書籍などには、中国・唐時代の禅師の語だとあった。解説を要約すると――。「好悪《こうお》の出来事にこだわらず、とらわれをきっぱり捨てきって、その日一日をただありのままに生きるすがすがしい境地。ひたすらありのままに生きれば、すべてが好日。好《こう》は積極的に生きる決意の『よし』」。

時々、「今度再発したら死の受容も」と意に反する思いがわく。ステージ4を重く受け止めているせいか、孤独にしていると弱気の虫が目覚める。病は好転している。ここは「日々是好日」の真意を忘れず生きたい。

72 癒やしの旅

■喜びや力くれる妙薬

自分にとって旅はがん克服の妙薬だ。見聞が、生きている喜びや力を与えてくれる。9月9、10日、和歌山県にある世界遺産「高野山」を初めて歩いた旅で、その思いを実感した。

以前、「快復祈願」に四国八十八カ所巡礼の旅を考えた。だが、体力・脚力が衰えて無理だ。ならば、弘法大師空海が眠る山上の聖地だけでも訪れたい。長野県佐久市への通院の機会を利用して足を伸ばした。

妻と2人。大阪・難波から私鉄の特急で1時間半。表参道の町石道《ちょういしみち》の起点で、その昔、真田幸村が隠棲《いんせい》した九度山の駅を過ぎて、まず驚いた。電車は転げ落ちそうな急斜面を眼下に、キーキーとレール音をあげてくねくねと登る。終点の駅でケーブルカーに乗り換え、斜度30度の急な壁をよじ登ったところに高野山駅があった。

標高約900メートル。盆地のような深山幽谷の地に、大小様々な寺院や建造物が多数立ち並んでいた。人口約4千人（うち僧侶約千人）の宗教都市だ。

1日目は、中心部にある巨大な根本大塔《こんぽんだいとう》が建つ壇上伽藍《がらん》や総本山の金剛峯寺《こんごうぶじ》などを散策した。外国人観光客の多さに驚いた。宿はお寺の宿坊だ。夕方、きれいな庭を眺めていたら、若い修行僧が精進料理を並べ、布団を敷いてくれた。

2日目は本堂での朝の勤行《ごんぎょう》に参加。住職らの力強い透き通るような声明《しょうみょう》に琴線が揺さぶられた。仏教音楽の一つとされる。「こんなに美しい声があるんだ」。妻の感動もひときわ大きかった。

空海の御廟《ごびょう》がある奥之院の参道は、宗派を超えた霊場だった。杉の巨木が生い茂る約2キロの道のりが、苔《こけ》むした約20万基の戦国武将や大名、庶民の大小の墓石で埋め尽くされていた。

また一つ、人が創り上げてきた文化に触れられて良かった。

実は今月16日から1カ月半、中学からの友に誘われて「おじさん2人旅」でマレーシアに滞在する。カンボジアのアンコールワット遺跡などへの旅が楽しみだ。

73 68の手習い

■異国で遊学、夢の生活

前回お伝えした東南アジアを歩く「おじさん2人旅」を、9月16日から楽しんだ。11月1日までの46泊47日。うち28泊はマレーシアのクアラ・ルンプール（KL）の安ホテル（1人一泊朝食付2千円前後）に滞在。毎週末にバスや格安航空会社の飛行機で同国内やミャンマー、カンボジア、インドネシア、ベトナムなどに出かけて世界遺産などを見た。

「大きなスーツケースを引っ張って周遊するのは疲れが大きいから」と、同行した友が私の訪問希望や弱った体を考慮し、KLのホテルにスーツケースを預けてザック1個で各地と往復する旅程を作成してくれた。

つらくなっていた抗がん剤治療は2カ月半前の7月1日で終了した。6月に主治医の船越医師に海外旅行の計画を話した。「抗がん剤が終わったらマレーシアなどを再度旅したい」と。

病期は「ステージ4」なので、再発の可能性はある。完治の目安の手術後5年以上の生存率は30％未満と低い。が、幸いなことに治療の成果は良好だ。でも、完治はできたとしても3年半も先だ。加齢だってある。

今の機会を逃したくない。実現した旅は、3年前に2人で下見した計画の修正版だ。この旅の最大の面白さは友が仕掛けたKLでの遊学だ。友が毎年、短期通学している語学学校にいっしょに入学。英会話の入門クラスで1日2時間半、計13回学んだ。68歳の手習いだ。

「ハウ・アー・ユー・ケンジィ」。バングラデシュ系の若い女性教師が大きな目を見開いて問いかけてくる。英語しか通じない。老化した頭の中が学生時代以来の刺激で戸惑い、慣れるまでの数日間はくらくらした。

そんな中、「シニア留学」の日本人の主婦や高齢者、長期滞在の年配者と話した。滞在の長短はあるが、外国で暮らしながら休日は近隣の国などを歩く。かつて夢だった生活を自分も始めていると実感した。

74 念願かなった旅

■記録、ノート2冊分に

「最後の海外旅行かも」との思いを抱きながらスタートした1カ月半の東南アジアの旅。クアラ・ルンプールから約2時間の飛行の6カ国・地域を歩いた。歴史遺産などを見学し、街を歩いて暮らしを知る旅だ。

旅行中、時には直腸がん手術の後遺症の頻便や下痢に悩まされた。だが、同行の友がいた心強さや暑さ慣れのせいか、体調が大きく崩れることはなかった。

道中記をめくると……。

ヤンゴン（ミャンマー）では、人々の仏陀《ぶっだ》への厚い信仰心に触れた。ヒンドゥー教と仏教の遺跡のアンコール・ワット（カンボジア）は、回廊のレリーフに閻魔《えんま》大王や地獄が描かれていて驚いた。別の壁面には江戸時代の武士の墨書もあった。

インドネシアの仏教遺跡ボロブドゥールの回廊で見た「見ざる言わざる聞かざる」の三猿の彫像は、日光東照宮のものと似ていた。建造は1200年余り前だ。仏教の東南アジア、日本への伝播《でんぱ》に思いをめぐらせた。

ホーチミン（ベトナムの旧サイゴン）では、ベトナム戦争の戦跡が観光施設だった。旧大統領官邸やベトコン（南ベトナム解放民族戦線）が使ったトンネル、被害を伝える写真などの展示を見ながら、かつて参加したベトナム反戦デモを思い出した。ここのホテルには当日の朝日新聞朝刊が夕方配達され、日本語の現地雑誌もあり驚いた。

ボルネオ島のコタ・キナバルは動物に会いたくて訪れた。野生は難しいので動物園へ。親とはぐれたオランウータンの子供たちやボルネオゾウ、人間に似た顔に大きな鼻と太鼓腹のテングザルなどが迎えてくれた。

どこも日中の気温はおおむね33度前後。蒸し暑さにじりじりと照りつける日差しが加わると汗が噴き出した。暑いのは好きだ。ザックを背負って随分歩いた。

そして、おかしなことに何度も「自分は本当にがん患者なのか」というささやきが聞こえた。旅の終盤はそれくらい体が動いた。

旅の記録はノート2冊分。心身ともにリラックスできた。

75 旅の効果

■闘う気力が高まった

「旅は健康にいい」と言われる。東南アジアの異文化に触れた旅はまさにそうだった。「旅の健康学的効果」。こんな記述が日本旅行業協会のホームページの中にあった。内容を要約するとこうだ。

「旅は身体の免疫力を高め、がんや老化を防止する力を持つ。出発時点からがん細胞の増殖を抑えるNK細胞が活発化し、帰ってからも続く」

さらに「(体内の細胞を傷つけてがんなどの病気を引き起こす）活性酸素を消去させ、細胞のサビつきや肌の老化、動脈硬化などを抑えるSOD酵素の増加も見られた」。

勝手に当てはめて恐縮だが、旅の間、体の中ではこうだったのかと思っている。長旅で心配された体調は、今も良好だ。

帰国後の11月4日。旭川厚生病院で、胸から腹部にかけ経過観察のMRI検査を受けた。

ＭＲＩの画像には前回（8月26日）のＣＴ検査と同様、疑わしい病変は映っていなかった。血液検査による腫瘍マーカーのＣＥＡ数値も基準値内の２・３（前回１・４）だった。低かった白血球数は基準値内に戻り、血小板数なども改善していた。

「ＣＥＡの上昇は誤差の範囲で、病状回復は良い方です。転移肝がんの手術から１年10カ月、転移肺がん手術からは１年３カ月経ったので、今後の検査は２カ月ごとにしましょう」。主治医の船越医師の説明にほっとした。

糖尿病は11月19日に札幌の病院で受診した。血液検査でヘモグロビンＡ１ｃは５・９。朝の空腹時血糖値は１２０前後だ。「食事療法だけ続ければよい」とされた。糖尿病も抗がん剤療法の影響がなくなり、ほぼ平常に下がっていた。

３年余のがん治療を振り返ると、よくここまで快復できたとつくづく思う。帰国後、読者の方から届いていた励ましの手紙を読んだ。ありがたい。治癒に向けて闘う気力が高まった。

2015年
（平成27年）

闘病は5年目へ。肝臓にまた再発して手術（5回目）。
抗がん剤療法は再開せず、
再発予防は東洋医学治療や湯治などが頼みだ。

76 年の始めは温泉療法

■長風呂はほどほどに

15年の正月も、長万部町の「二股らぢうむ温泉」の湯煙の中で1人静かに迎えた。病期「ステージ4」の重症の大腸がん患者になって2年目（12年）から、がんの治癒や再発防止を願い、年末年始の湯治を始めた。今回は退職して時間もあったので、これまでで最長の8泊9日にした。

札幌市の自宅を車で発った昨年暮れは、大雪警報が出て積雪が多く、高速道路は通行止め。ところどころひどい雪降りの国道や道道をそろそろと走った。

約4時間後、雪深い温泉宿に到着。昨年同様、湯治客や温泉好きの老若男女でにぎわっていた。東京都や岐阜県、札幌市や稚内市など遠来の客が多い。顔見知りの常客とも再会した。

ひと月滞在という人もいた。長湯治の客はがんなどの疾患を抱えた人が多いが、総じてはつらつとしている。病魔に負けない生き方に元気をもらった。風呂や食堂では、温泉の特徴の放射性物質ラジウムの効果など、話の輪が広がった。

毎日の入浴はおおむねこうだ。（1）朝食前に1時間半（2）朝食後、正午までに2時間（3）昼食後、水中ウォーキングを含め3時間（4）夕食後1時間半。計8時間前後。湯温37度弱のぬるま湯は汗をかかない。ラジウムが変化したラドンガスを含む湯煙を吸いながら、ひたすらつかった。

4日ほど経つと、足や腕の皮膚がひりひりしてかゆくなった。発疹があり、腫れもある。どうも以前の小さな赤い発疹ではない。帰宅後も体調は良いが、足のかゆみは全体に広がり、一段と強くなった。「好転反応」と信じたこれまでの湯治とは違う感じだ。すねなどのかゆみは2月下旬まで続いた。

インターネットの検索では「湯かぶれ」の可能性がある。宿の人も言っていた。がんの再発を抑えたい一心で長風呂をし過ぎたのかも。現在は体にがんの塊はなく抗がん剤も止めている。体が変わったのかもしれない。次は入浴時間を考えようと思う。

77 グレーゾーン

■「甘くはありません」

大腸及び肝臓への転移が見つかってから3年余り。再発を繰り返してきたが、治療で救われてきた。今は「『死の病』ではなくなった」と思っている。

最後の手術からは約1年半が経過。西洋医学での治療は、再発を早期に発見して効果的に治療するための定期検査が中心になり、2カ月ごととなった。

その最初の検査日の1月6日、旭川厚生病院に通院した。

この日は、採血で腫瘍マーカーの血中濃度などを調べる検査と、X線を使って身体の断面を画像化するCT（コンピューター断層撮影）検査で、再発のチェックと診断が行われた。

「画像に疑わしいものは映っていませんが、腫瘍マーカーのCEAが4・1（基準値は5以下）に上昇したのがちょっと気になります」。主治医の舩越医師が検査結果を見ながらこう話した。以前、数値が4超に上昇後、さらに上昇し続けて肝転移の再手術に至った。船越医師はその時の状況を言っていた。

「これまではマーカーの数値が良いので、このまま再発せず逃げ切れればという思いをお互いに抱いていましたが、そう甘くはありません。やはり再発の確率は高いのです。そう思った方がよいです。次回のＭＲＩに映ったら、切除も考えることにしましょう。そういう意味ではグレーゾーンです」

大腸がんの場合、再発は肝臓と肺に起こることが多い。

13年1月、北海道大学病院で再発の肝転移切除手術を受けた際、画像で疑わしいとされた2~3ミリの塊も探したが、小さすぎて分からず残った。それが動き始めたのだろうか。帰路、勝手な想像をめぐらせた。

抗がん剤を止めて8カ月。副作用のつま先のしびれは続くが、酒を飲み、ゴルフもできて、念願の海外旅行にも行けた。体力もついてきた。そう思うと、「5度目の手術もありか」。不安より再発に立ち向かう気力が増してきた。

78 重い負担

■交通費含め100万円強

年が改まって未年《ひつじ》になった。歳月の経過は速い。6月には、大腸がんの病期「ステージ4」の告知を受けてからまる4年になる。1年目の手術後に延命の目標とした「古希」まであと1年余りだ。

この間、西洋医学での治療は、4度のがん切除手術と3年続けた抗がん剤療法だった。並行して、がんに負けない身体をつくる東洋医学の治療や食事療法、血行マッサージなども続けた。

これまでを振り返った時、治療内容とは別に思い浮かぶのは支払った診療費（患者負担分）や薬代だ。患者になってから、手術・入院を除く通院での支払いは毎年100万円以上だ。

3月は確定申告の時期だ。昨年分の医療費控除などの申告書類の提出を前に、通院の診療費と薬代の領収書からがん関係を拾ってみた。

総額は交通費を含め１００万円強。その中で、高額の抗がん剤（点滴と錠剤）治療があった6月分までは、月2回で計10万円超かかっていた。抗がん剤治療がなければ、通院は毎月ではなくなり、診療費もぐんと安くなる。

ほかは、抗がん剤の影響で発症した糖尿病や東洋医学治療などの診療・交通費だ。選んだ東洋医学治療の病院は長野県佐久市にあって遠く、交通費がかさむ。

佐久への通院は年4回ほど。飛行機と長野新幹線などを乗り継いで行く。節約のため、ＪＲ線の遠距離利用は乗車券購入が3割引きになるＪＲの「ジパング倶楽部（くらぶ）」に加入した。飛行機はなるべく格安航空会社だ。新千歳―成田空港間の料金は片道1万円以下と安価だ。

健康保険適用の標準治療に限界を感じたがん患者の中には、適用外の免疫細胞療法などに1千万円前後かけて治癒をめざす人もいる。以前、札幌のある病院で説明を聞いたが、自分には高額過ぎて踏み切れなかった。東洋医学との統合医療でここまで元気になれたのだからこれ以上は、との思いもあった。

79 残り香

■病変発見「やっぱり」

3月10日。2カ月ごとの定期検査で旭川厚生病院へ。

1月の検査はCT（コンピューター断層撮影）検査に疑わしいものは映っていなかった。だが、がん細胞が作る腫瘍マーカーの一つ、CEA（がん胎児性抗原）の数値上昇が気がかりとされた。昨年11月に3・5と高くなり、さらに基準値（5以下）の上限近い4・1に上昇したからだ。その際、主治医の船越医師は「グレーゾーンです」と、大腸がんの肝転移再発の疑いを指摘していた。

だから、少し不安を抱いての通院だった。この日の検査はMRI（磁気を使って身体の中の詳しい画像を断面図であらわす）と腫瘍マーカー。CEAは3・8に下がったが、MRIの画像は後日、詳細に検討とされた。

それから10日余り経った3月24日。北見市の「塩別つるつる温泉」に妻と出かけ、戻った日に船越医師から電話がかかってきた。

「肝臓に1カ所、小さな病変を認めました。他に病変はなさそうなので、化学療法（抗がん剤）を行うより切除を目指したほうが良さそうです」

「やっぱりか」。説明を聞きながら、体から力が抜けていくのを感じた。自宅パソコンに舩越医師から届いていたメールには「おそらく以前の肝切除の際に分からなかった微妙な病変のことではないかと思います。新たな再発がどんどん出てきたというより、『残り香』のような印象です。小さすぎて分かりにくいので、術前の検査を追加・準備して手術に向かうのがいいかと思います」とあった。

術前検査は4月と5月の連休明け。4月中旬に肝臓の機能を調べる核医学検査や病変を映すCT、全身のがん細胞の動きを捉えるPETの各検査が2日間に分けて行われた。

手術する見通しに少し気落ちしたせいか、札幌に向かう特急列車に乗車後、車窓から残雪がきれいな山々をぼんやり眺め続けた。

80 肝臓に再々発

■「また手術か」気落ち

4月中旬の術前検査の結果説明は同21日にあり、妻と旭川厚生病院へ通院した。主治医の船越医師の説明を要約するとこうだ。

3月のMRIの画像にはこれと言われなければ分からないくらい小さな病変が肝臓に1カ所映っていた。大きさは直径約6ミリ。表面から4センチほど内部にある。抗がん剤を使っても無くならないので切除が最善だ。

4月14日のCTの画像にもうっすらと映っている。

今後のエコー（超音波）検査で病変が見えれば手術ができる。5月の連休明けに術前チェックのMRIとエコーの検査などを行い、下旬に手術としたい――。

説明後のやりとりで自分の思いを話した。こんな内容だ。

「治療のおかげで大腸がんの転移切除は一昨年夏の肺がんからはない。3年間続いた抗がん剤投与が昨年7月初めに終わった後は、普通の生活に戻り、がん患者であることを忘れたような毎日を送っている。病期はステージ4なので再発は仕方がないが、少し気落ちしている」

船越医師は「同じ大腸がんの同時多発性転移で再発せずに済む人は、2割弱の5人に1人程度です。高橋さんはがんがきれいに取れているし、手術を何回もやる体力がある。(最初の手術から)ほぼ4年経ってこれだけ元気なので、逆に5人に1人の中に入れる可能性は残されています。5回も手術がやれる人はごく一部ですからすごいことです」。こう励ましてくれた。

「出会った時、先生は36歳でしたね」と言うと、「5月でもう40歳ですよ」。船越医師が明るく頼もしげに笑った。

「あるがままを受け入れて前向き志向に」と心がけているが、腹部の大きな手術痕を眺めて「またここを切るのか」と思うと弱気の虫が起きる。手術は5回目で、うち肝臓は3回目か。あーあ。

この日は帰路、妻と旭川市内でトンカツを食べて「がんに勝つ」と元気をつけた。

81 入院を前に

■桜満開、覚悟決めた

春の息吹が心地よい4月25日、1人で4泊5日の湯治に出かけた。年始に滞在した長万部の「二股らぢうむ温泉」だ。

「肝臓に病変、5月切除手術へ」となってから、妻が「入院前にラジウム温泉で湯治をしてきて」としきりに勧めるので、車で出かけた。

ゴールデンウイーク前だったが、宿は札幌のほか東京都や千葉、滋賀県などからの年配夫婦の湯治客らでそこそこに混み合っていた。

湯治の目的は「治す力を引き出す」ことだ。湯につかって体温を上げ、幸せを感じれば、免疫力が向上して自然治癒力を高めてくれる。そう思っている。

今回も湯煙の中で、胃がんや前立腺がんなどと闘う患者の方と症状や治療を語り合った。裸で再発・転移や不安を吐露すると、肩が軽くなって優しい気持ちになる。

湯治中に函館・五稜郭や札幌の桜が開花した。テレビを見ていて和歌を思い出した。

願はくは花の下にて春死なん　そのきさらぎの望月の頃

西行が詠んだ歌だ。「願わくば桜の花の下で春に死にたい、釈迦が入滅した2月(旧暦)の満月の頃」。こんな内容だとされる。

死はいずれやってくる。がんを患ってから限られた人生や死を意識するようになった。そのせいか、この春はこの歌が頭から離れない。

帰路の29日。道路沿いはところどころ校庭や家々の桜が満開で、青空に映えて美しかった。

5月12日。旭川厚生病院（旭川市）で入院前の最終チェックのエコー検査があった。手術中に肝臓の病変をエコーで確認するので、事前に見えないと手術できないためだ。

検査後、主治医の船越医師から説明があった。「エコーでも見えます。病変は若干深く静脈のそばなので、くりぬく手術はできません。切り取ります」。

早期発見で、切除が可能なことは幸運だ。覚悟を決めた。

82 肝転移の再々手術

■難航したが回復順調

大腸がんの肝転移の切除手術を受けるため、5月28日、旭川厚生病院（旭川市）に入院した。快晴のこの日は、病室やロビーから見える大雪山に残雪が光って美しかった。

その日の夕方、主治医で執刀を担う船越医師から手術前の説明があった。

「腹部を大きく切って、肝臓の病変の場所を術中エコー（超音波）で確認しながらくさび状に切り取る。手術は5時間以上かかるかも。手術回数を重ねているので（他の臓器などと）肝臓の癒着がひどいと思う。その剥離《はくり》に時間がかかる。そういう意味で手術の難易度は上がっています――」

2年半前、北海道大学病院での前回の肝転移手術でも癒着を剥がすのに手間取った。今度はもっと時間がかかるかもしれない。説明を聞きながら思った。

手術日の6月1日。昼前に手術室に入り、麻酔から目覚めたのはICU（集中治療室）に移動後の午後7時ごろだった。

妻によると、手術は午後6時すぎに無事終わった。船越医師は切り取った小さな赤黒い病変を示し、「腫瘍は直径8ミリで、きれいに取れました」と話したが、手術はやはり難航し、時間がかかった。妻のメモ書きには、こんな説明内容が記されていた。

「大変な手術でした。背側との癒着が最もひどく、丹念に剥がしていったが、完全に剥がし切れませんでした。このため予定とは反対側から切除しました」「（切除前に）癒着が強く血流を遮断できなかったため、出血量は予定より多くなりました。微量の胆汁漏れもあったが、肝門が傷つく危険もあるのでそのまま閉鎖しています」

術後が心配されたが、胆汁漏れはすぐ止まり、幸い合併症もなく経過した。貧血の影響もほとんどなかった。退院は手術から11日目だった。

順調な回復は船越医師や案じてくれた家族・友人・知人ら、強い体を与えてくれた親のおかげと感謝している。

83 闘病は5年目へ

■目標70歳に「太鼓判」

旭川厚生病院での転移肝がん摘出の再々手術が終わり、6月11日に退院した。腹部は傷で痛むが、迎えの妻に代わって車を運転して自宅に戻った。

1日の開腹手術は前々回（11年11月）、前回（13年1月）の肝転移手術の傷痕をなぞる切開だった。「ベンツ切開」と呼ばれる方法だ。3本の放射状の切開が独メルセデス・ベンツの車のエンブレムに似ているからだ。

帰宅後、縫合した傷痕を鏡で見た。みぞおちからへその上へ縦に約7センチ、そのへその上から左横へ約5・5センチ、右横の肋骨下へ約20センチ。縫合痕は病院の勧めでテープを貼っている。痕が盛り上がらずきれいだ。痛みは前回より軽い。

思えば手術は11年7月の直腸の原発巣《げんぱつそう》（最初に発生した場所）の切除から数えて5回目になった。（1）直腸（2）肝転移（3）肝転移（4）肺転移（5）肝転移の順だ。体にダメージをもたらす抗がん剤療法は昨夏まで3年間続けた。どちらも延命のためだが、「体がよく持ったなあ」と思う。

手術後初めての通院は6月26日。血液検査と腹部のX線撮影の結果を見ながら主治医の船越医師はこう話した。

「回復は順調で、数値は問題ありません。腫瘍マーカーのCEAは下がって1・5。高橋さんは2くらいが正常値で、4だとうっすら再発の傾向が出ていると言えます。病変が1個だったので抗がん剤を使わずに様子を見ましょう」

「これで当初目標にした70歳までの生存は大丈夫です。この先は好きに楽しむのがいい」

「大腸がんの同時多発性転移の患者で、4年経ってこれだけ元気な人は10人に1人くらいです。再発が1個で済み、取り切れたので、その中に入れたと思っていいです」

通院は3カ月ごとの経過観察だけになった。うれしい診断に心が弾んだ。闘病は6月下旬から5年目に入った。この先は再発しないことが願いだ。

84 再発・転移抑えたい

■完治の可能性信じて

6月1日の開腹手術から約2カ月。落ちた体力や縫合痕の回復に養生を続けている。腹部に力が入る作業は避けながら、庭に出て野菜の苗の成長や花樹に触れていると、元気が出てくる。公園での毎朝のラジオ体操も励行している。

退院直後は傷の痛みなどで前かがみになりやすく、胸を張って歩くのが苦痛だった。それも近くの防風林への往復40分ほどのウォーキングを始めると痛みが弱くなり、息切れもしなくなった。

「これだと昨年と同じ東南アジアの旅に出られる」と口にして、「気が早すぎる」と妻にたしなめられるほど回復した。

退院してまもない6月25日。長野県佐久市の水嶋クリニックを妻と訪れた。漢方薬で体の免疫力を高めて、がんへの抵抗力をつけたいと、2～3カ月ごとに通院している。

水嶋丈雄院長に、手術後は再発・転移を抑える抗がん剤療法がないので、頼りはここの治療だけと話した。

「では漢方薬の組み合わせを変えましょう。血流を良くして血液の中のがん細胞を減らすのがいいと思う。再発を防いでくれるでしょう」と水嶋院長。

処方された漢方薬は、トウキ、センキュウなど16種類を混ぜた煎じ薬（生薬）。ほかに「牛黄《ごおう》」や血流を良くする薬。いつもの通り、再発・転移の抑止に効果があるという「丸山ワクチン」の接種や自律神経を刺激する鍼灸治療も行われた。

体内にがんの塊はなくなった。新たな延命の目標は再発・転移がないまま5年経つこと。実現すれば「治癒」「完治」と見なされる。ちょうど、東京五輪も迎えられる。

再発率が高い「ステージ（病期）4」の自分にはハードルが高いかもしれない。が、ラジウム温泉での湯治や血行マッサージ、特製ニンジンジンジュースの飲用といった療法も奏功すれば、可能だと信じている。

85 再発は心配無用?

■回復順調、次善の策も

再々発の転移肝がんの摘出手術を終えて5カ月。体の回復は自分でも驚くほど順調だ。手術後、これまでは抗がん剤治療が行われたが、今回は再発が1個だったこともあり見送られた。これで目に見える大きさのがんはなくなった。だが、画像では見えない小さながんは残っていて再び出現するかもしれない。

その兆しをキャッチする経過観察は、定期的な検査で続けることになった。9月1日。旭川厚生病院で採血と腹部のCT、診察があった。

「採血結果では回復がすごくいいです。この先は再発を恐れるよりは忘れるくらいがちょうど良いと思います。好きに楽しんで下さい。ただ肝臓は余力がないと思うので、お酒は飲み過ぎないように」

主治医の船越医師は、笑顔でこう話した。

がんの存在を示す指標の腫瘍マーカーは、CEAが1・9（基準値上限5・0）。この数値については以前、「高橋さんの場合、CEAは2くらいが正常値でしょう。4だとうっすら再発の傾向が出ていると言えます」と説明を受けていた。低かったのでほっとした。そして、「この後は2カ月ごとの検診にして、腫瘍マーカーに変化があればCT、MRIの画像でも見ることにします。次回は採血検査のみに」。

でも、がんはしぶとい。もし次も再発が肝臓なら癒着がかなりひどかったので、同じ手術は難しそうだ。打つ手はあるのだろうか。

船越医師の答えは「標準治療ではありませんが、状況によってはラジオ波焼灼《しょうしゃく》術も考慮します」。肝がんや転移肝がんの組織に電極針を挿入してラジオ波を流し、熱で死滅させる治療法だ。再発しても次善の策があると聞いて、胸のつかえがとれた。

この4年間に5回の手術と抗がん剤治療を乗り越えてきたが、時には、がんまみれで死ぬ夢も見た。帰路は肩の荷が下りた気持ちになれた。

86 運動、豊かな人生

■腕も心も、振って歩こう

腹部の傷の養生を続ける7月10日ごろから、自宅近くの防風林内を往復する40分のウォーキングを始めた。きっかけは『がんで困ったときに開く本2016』（朝日新聞出版）のこんな記述からだ。要約すると――。

「運動不足はがん死亡原因の約5％を占める。喫煙や食事に比べ低いが、結腸がんや肝がん、膵（すい）がんなどのリスクを上げる。運動は免疫力を高める」

「健康づくりは『65歳以上は強度を問わず身体運動を毎日40分』が基準で継続が有効」

「激しい運動は体内に活性酸素を発生させて細胞を傷つける可能性がある。がん予防の観点から勧められない」――。

で、腕を振って毎日汗ばむ程度に速く歩いている。まもなく痛みが消え体力がついてきた。

そんな折、「元気なら気分転換に遊びに来ませんか」と、20年前の八戸支局勤務で仲良くなった青森県の新聞・放送記者の友人たちから誘いを受けた。多くが還暦を超えたが、まだ現役もいる。8月下旬、2人が見舞いがてら札幌に来てくれた。

体調はいい。9月下旬、特急列車を乗り継いだ。弘前で迎えてくれた友人と、100年ぶりの弘前城本丸の石垣修理の現場へ。重量400トンの3層の天守を2カ月余りかけて70メートル移動させる曳屋（ひきや）工事は観光客らでにぎわっていた。夜は青森市の友人も加わって「昔をしのび、また食べたい」とリクエストした倉石牛のすき焼きを囲んだ。

翌日は八戸へ。地元紙の幹部らと再会し旧交をあたためた。

この旅の10日ほど前、妻と長野県佐久市の水嶋クリニックに通院した。その際はこの機会にと、3月に開業した北陸新幹線で金沢に足を延ばし、約35年ぶりに兼六園などを散策した。

がん患者になってから「残り時間を楽しく過ごそう」と開き直った。今は罹病《りびょう》前より人とのつながりが豊かになり、心身の健康も良くなった。こんな過ごし方ができるのは、がんのおかげだと思っている。

87 闘病、屈託なく

■自然体だった「仲間」

10月に入り、思い立って長万部町の「二股らぢうむ温泉」に4泊5日の湯治に出かけた。今回は、湯につかる合間に読み直そうと、新聞の切り抜き帳を持参した。抗がん剤治療が昨年終わって気持ちに余裕が出たのか、近頃は、がんの記事や本が読みたくなる。切り抜きは朝日新聞の生活面の連載「患者を生きる」。4月に目にした「がん」には、様々ながんと闘う患者が登場し、その体験が身につまされる。他のがんの情報や患者と医師の関係の大事さ、そして何よりも病に立ち向かう力を与えてくれる。

10月9日。マイカーで小樽、岩内などを経由して3時間半、昼下がりの露天風呂に体を沈めた。翌10日は69歳の誕生日。秋色深まる山を眺めながら、歳月の流れを思った。

その湯煙の中で、毎月3泊程度の湯治に来ている千歳市の中山市郎さん（72）と出会った。「直腸がん肺転移」で14年3月に直腸を手術し、肺転移を抗がん剤で治療中だという。病名もステージも自分とよく似ている。違いは直腸の原発巣の位置と肛門も切除したことだ。闘病談をお願いしたら、快諾して下腹部の人工肛門（ストーマ）と装具を見せてくれた。

装具は、自分の意思に関係なくストーマから排泄される便を受け止める採便袋と、皮膚に袋を粘着させる皮膚保護剤からなる。袋上部にガス抜きがあり、臭いがするのは、たまった便を下部の排出口からトイレに捨てる時だけだ。外出時は交換用の予備の装具一式を持ち歩く。

「生活上は重いものを持ったり、おなかで支えたりすることは要注意です。風呂に入らずシャワーという人もいるが、防水すればこうして温泉にも入れます。楽しみは捨てたくないんだ。好きな旅にも出たい」。屈託なく明るく話してくれた。

罹患しても落ち込まず、今の自分を自然体で受け止める。この湯治で、そんな生き方を改めて噛みしめた。

2016年
（平成28年）

闘病6年目。再発・転移の動きは静かになり安定した状態。妻がくも膜下出血で入院。5年間続けたコラム連載を暮れの100回目で終了した。

88　おかげさまで満5年へ

■支えられ、あきらめず

　自分のがん治療に欠かせなくなったラジウム温泉での湯治。年に数回通い、早3年半になる。この年末年始も長万部町の「二股らぢうむ温泉」で過ごし、申《さる》年の新年は湯煙の中で静かに迎えた。そして、近く満5年に達するがんと向き合う日々を振り返ってみた。

　大腸の直腸に腸管を狭めているがんが見つかったのは、11年6月。岩見沢支局に勤務していた64歳の時だった。肝臓へ転移していたので、病状の進行度は重症の「ステージ4」と診断された。

　当時、主治医の舩越医師は直腸がんの手術後、「肝転移も切除すれば3~5年の延命は可能です」と説明してくれた。その一方、腹膜播種があってひどかったらがん摘出は中断、その時は延命も2年程度、という話だった。

　そんなこんなで、治療効果があるがん種とはいえ、「死」も覚悟した。

だが、家族らの励ましが「治療をあきらめない」気持ちにさせてくれた。抗がん剤に負けない体力や気力の維持に漢方などいくつかの治療も続けている。

湯治はその一つだ。「ラジウム温泉でがんが治るらしい」と聞いたのがきっかけで、わらにもすがる思いで始めた。ここまで元気になれたのは、西洋医学に加え、これらの効果もあると信じている。

今回は年始にかけて5泊6日。顔なじみの札幌のご夫婦をはじめ、愛知県、大阪市からの男性らとも1年ぶりに再会した。

「体調はいかがですか」「おかげさまで元気です」。食堂や風呂で何げなく交わした気遣いのあいさつだが、「おかげさま」の一言が、どこかで読んだ一文を思い起こさせてくれた。

「人は誰かに支えられながら、皆のおかげで生きている。温かい一言が忘れがちなその心を伝えている」と。

7月になれば治療開始から満5年が経つ。「おかげさま」でどうやら元気に迎えられそうだ。

89 再び白内障の手術

■25分、鮮明な光景戻る

昨年6月の肝転移の摘出手術後、通院は、経過観察の定期検査になった。今回はうっとうしかった術後の抗がん剤治療がないので、心身は毎日壮快だ。「人生をあきらめなくて良かった」と、つくづく思う。

旭川厚生病院への通院は10月と12月。血液検査とCT、MRIの画像検査が中心だ。抗がん剤の影響で減少した血小板の数が正常値にあと少しまで上昇し、腫瘍マーカーの数値や画像検査には再発の兆しが見えなかった。

この安定期に白内障の右目を手術することにした。糖尿病の経過観察で通院中の札幌市内の病院の眼科だ。白内障の進行は左目が先で、がん治療を始めて約2年半の13年11月に手術した。（55参照）。

右目は透明で光を通す水晶体が濁り、物体は濃い湯気の向こうにぼやっと見える状態だ。最近は読書もテレビ視聴も片目だった。夜の車の運転は対向車のライトがまぶしくて、歩行者が見えにくく怖かった。

原因は「加齢」もあるが、私の場合は抗がん剤の副作用の吐き気を抑えるために使うステロイド剤の影響が大きいようだ。

手術は1月12日。入院（2泊3日）して行った。

手術台で仰向けになり、右目に麻酔薬などを点眼。見開いた目を光に向けていると、眼球を触る感じが続く。痛みはない。水晶体に替わる眼内レンズが入ると、緊張が解けてほっとした。

手術時間は25分間。費用は約7万5千円だった。退院日、眼帯を外すと、目の前に鮮明で美しい光景があった。

余談だが、糖尿病に罹患した原因もステロイド剤だった（62参照）。

同病院を訪れた14年3月は入院治療が必要なくらいヘモグロビンA1cが高かったが、抗がん剤療法を止めて1年半余り経った今は正常化している。

抗がん剤療法は3年続き、それで救われた。が、思いがけない影響も体験させられた。

90 低いがん生存率

■何はともあれ早期発見

「外科手術を受けた直腸がんのステージ4患者の10年後の生存率は6％」

1月19日に公表されたがんの生存率。自分の病名と進行度で部位別の生存率をみたら、こんなに低かった。衝撃だった。

国立がん研究センターなどの研究グループが、20ほどのがん種の患者約3万5千人の10年間を治療開始から追跡して集計した。生存率は患者の生と死の結果だ。他のステージに比べて格段に低い生存の確率に一瞬、落ち込みそうになった。

しかし、気を取り直して病状を点検してみた。7月には治療開始から満5年になる。体内にがんの塊は見えないし、体は元気。再発は神のみぞ知るだ。

再発しても治療法はある。また、インターネット検索では「ステージ4でも大腸がんと肝臓ないしは肺の転移の両方とも切り取れたら約40％の方は完治する」とのくだりを見つけた。同じ手術を経てきたが、治る可能性もあるとの内容だ。

このぶんでは急には死にそうもない。10年生存まであと5年だ。延命の目標を東京五輪としていたが、近頃は「翌21年、74歳で完治」を目標にしようと思っている。

西洋医学の治療が一段落した現在、生きる力を与えてくれるのは免疫力を上げる療法だ。がん細胞をおとなしくさせて再発を抑えてくれると信じている。

今のところは「漢方医が処方した十数種を混ぜた生薬（煎じ薬）」と「妻が作る特製ニンジンジュース」を毎日飲むのが柱だ。これに定期的な「湯治」「血行マッサージ」「気晴らしの旅」。その他に1時間弱の「ウォーキング」なども励行している。

今さらだが、早期検診、早期発見ならこんなことにはならなかった。あの頃は、がんも怖いが検診で見つかるのも怖かった。放置した代償は大きかった。40代になったら大腸の内視鏡検査をぜひ受けてほしい。「ステージ1〜3」なら、10年生存率は最低でも70％弱だ。

大腸がんの患者は増えている。治癒には早期発見がカギだ。

91 通院は定期検査に

■結果よし、わいた自信

術後の体調が良好なので、旭川厚生病院への通院は15年12月以降、3カ月ごとの定期検査のみになった。がん発症から5年。病院通いが遠のくに連れ、心も体も軽くなる。

検査日の3月29日。午前7時に妻と車で旭川へ。途中の岩見沢など空知では、残雪と青空を背景にえさ場を探して低く飛び、北へ帰る準備をするマガンらの群れを見つけた。美唄市の宮島沼で取材した岩見沢支局勤務が懐かしかった。

検査の流れはこうだ。

まず腕から採血して、白血球・赤血球の数や肝機能などの状態を調べる。治療後の経過観察や再発・転移の発見に有効な腫瘍マーカー（ＣＥＡなど）の検査も欠かせない。採血後は抗がん剤の注入用に左胸上部に埋め込んであるポートの点検も行う。

採血結果を待つ間には、ＣＴかＭＲＩのどちらかで胸から下腹部を撮影する。

診察室では主治医の舩越医師が、画像にがんの塊が映っていないかなどを見て、検査結果と一緒に説明を受ける（画像は後日、放射線科の医師も詳細に点検する）。

この日は「CEAは2・1（基準値は5以下）で問題ありません。CTにも疑わしいものは見えません。今の健康状態は私よりいいと思いますよ」と笑顔で話した。抗がん剤の影響で血小板の数がなかなか基準値内に戻らないが、その他の数値はほとんどが基準値内だ。

転移はこれまで肝臓と肺だが、他への可能性はないか聞いた。

「このがんは同じ所に再発する傾向があり、特に肝臓が好きなようです。他に出るとすれば骨ですが、心配ないと思います」。肝機能を改善させる処方薬のウルソ錠をもらって病院を出た。

ここまで回復できたのはどうしてか。発症の当初は暗然としたが、心の持ち方次第で結果は良くも悪くもなると気づいた。今は心しなやかにがんと向き合えば共存、いや、ひょっとして勝てるのではと思える。

92 桜見る旅

■感動で免疫力アップ?

北海道も花の季節が始まった。

少し前の早春の4月、妻の希望もあり桜を見る旅に出かけた。長野県佐久市の水嶋クリニックへの通院を兼ねて。桜はどこで咲いていても美しいが、花見は名所でと、初めての地の2カ所を選んだ。

一つは奈良県の吉野山。昨春、西行の和歌を思い出してから行きたかった（81参照）。4月7日。格安航空会社の便で関西空港へ。翌8日、京都から近鉄特急で2時間弱。近鉄吉野駅前はハイカーや観光客で大にぎわいだった。

吉野山は約8キロ続く尾根一帯の総称。谷や尾根を飾るのはシロヤマザクラを中心に3万本という。標高差があるので下千本、中千本、上千本、奥千本とずれて咲く。前日に中千本が満開になった。

下千本が咲く駅前のロープウェーで吉野山駅へ。そこから上千本を目指して尾根路の金峯山寺《きんぷせんじ》の門前町と他の寺社を巡り、遠くの山の斜面を埋める花の雲を眺めながら往復4キロ余りを歩いた。滞在は約4時間半。今回行けなかった上千本や西行庵は、紅葉の秋にでも訪れたい。

桜に気を取られて忘れていたが、日本史に古代から登場する歴史の地だったことを思い出した。大海人皇子《おおあまのみこ》(天武天皇)や源義経と弁慶、南朝の皇居を置いた後醍醐天皇、豊臣秀吉などとのゆかりを改めて学んだ。

もう一カ所は佐久で以前に勧められた長野県伊那市の高遠《たかとお》城址公園だ。同13日、佐久市からレンタカーで出かけた。片道約2時間。城跡に登ると約1500本の満開のコヒガンザクラが頭上を覆うように咲いていた。

翌14日は水嶋クリニックへ通院した。免疫力検査の採血やいつもの「丸山ワクチン」の接種、自律神経を刺激して免疫力を高める鍼灸治療を受けた。処方された漢方薬は約90日分。山のような生薬を抱えて帰宅した。

旅は免疫力をアップさせるという。未知の場所に立った感動で大いにアップしたと思う。

93 自助努力

■生活習慣から「治す」

「日本人の2人に1人ががんになり、3人に1人ががんで死ぬ」。がんにかかるのは特別なことじゃないと言われてから何年経つのだろう。

がん患者になった5年前にはすでに定説だった。医療技術は向上したはずなのに定説は今も同じだ。発症や死亡者が依然多いということなのだろう。

1月に公表された生存率データ(90参照)。自分の症状の「直腸がんステージ4」患者は、治療開始から10年の生存率が何と6%だ。

生き残れる確率の低さに驚いたが、なぜか自分のこととは思えなかった。15年6月に肝転移を切除してから体にがんの塊はなく、抗がん剤療法はもう2年近く休んでいる。自分の中で患者意識や「死病」という観念が薄まったのかもしれない。

その一方、発症から4年間は転移・再発、手術、抗がん剤療法を何度繰り返したことか。だから、いずれ再発すると思ってしまう。ただ手術も抗がん剤療法もできればやりたくない。再発防止は今のところ、免疫力を上げる東洋医学治療が頼りだが、他にないのか。

3月6日、札幌市内であった「がん統合医療セミナー」に参加した。会場は「治療の効果がなくなったらどうなるのか」など、悩みを抱えた患者やその家族で満杯だった。

札幌のクリニック院長の講演が心に残った。西洋医学だけでなく漢方や気功、食事療法、サプリメントなど心地よい治療も加えて自然治癒力を高める「統合医療」の実践効果を説いた。おこがましいが、自分が実行中の療法と同じようだったので、継続の意を強くした。

一方、最近読んだ名古屋市の患者の会出版の本のくだりにも共感をおぼえた。「がんは生活習慣病だから食事と心の改善、運動、冷え防止をすれば克服できる」事例をあげて、お金をかけずに自分で治す「自助努力」の生き方がこの先の励みになった。

94　妻が倒れた

■ぼうぜん　そして回復

6月2日。妻が突然倒れて入院してしまった。「くも膜下出血」だった。発症した人の半分くらいは亡くなるとされる死亡率の高い病気だ。

札幌市内のテニスコートで試合中に発症した。急にすごいめまいがしてしゃがみ、激しい頭痛と吐き気の症状を起こして救急車で搬送された。外出中に連絡を受けて病院に急いだ。

面会は出来ず、様子がよく分からない。手術前、担当の医師から「最悪の場合は死もある危険な状態だ」との説明を受けてぼうぜんとした。

がん患者になって以来、妻はずっと献身的に支えてくれた。自分より先に逝くかもしれないなんて……。病院で待機している間、50年近くともに歩んだ歳月や今度は看病する側になって支えようなど、様々な思いが巡った。札幌と京都から娘が駆けつけて、親のことを心配してくれたのが心強かった。

妻のくも膜下出血は、脳を包むくも膜の下にある動脈瘤という血管にできた膨らみが破裂して起きた。手術は夕方から約9時間。術後、担当医師から「手術は大変うまく行きました」と告げられた時はほっとした。

手術の内容は簡単に言えばこうだった。

「出血した動脈瘤をクリップで挟んで再破裂を予防し、出血した血液の排出などを行いました」

術後は症状の変化に備え、集中治療室で約2週間過ごし、リハビリを経て8月中旬に退院した。心配した機能マヒなど後遺症は見られない。幸運だった。

この出来事で約2カ月、一人で暮らした。食事は栄養バランスを考え、夕食は配食弁当を頼んだ。これが思わぬ食事療法になり太り気味の体重が落ちた。

夫婦で命にかかわる大病にかかったが、幸いにも克服できた。これまで車の両輪として「今できることを一生懸命にやる」という姿勢で生きてきた。妻の回復ぶりは、そんな生き方に対する神様からのプレゼントだと思う。

95 5年生存をクリア

■闘病「あっという間」

「治療開始からもう5年経ちますね。目標にした70歳まで生きることは確実ですよ」

3カ月検診の6月28日、主治医の舩越医師は旭川厚生病院（旭川市）の診察室で笑顔で語りかけた。

闘病1年目の2回目の手術後のことだった。舩越医師に「あと5年生きれば、おやじが死んだ70歳。超えられますか」と質問した。病期は最も進んだ「ステージ4」。5年以上の延命者は少ないとされる。自分はどうなのか聞いてみたかった。

ぶしつけな問いに戸惑ったと思うが、舩越医師は「それを目標にするのがいいでしょう」と励ましてくれた（13参照）。治療の効果で5年以上の延命と70歳突破が現実になり、当時のやりとりを思いだしてくれたのだと思う。

この日は血液検査用の採血と胸から腹部のMRI撮影があった。結果を聞くときは、いつも「再発」と言われないか不安だ。「MRIの画像に疑わしいものはなく、腫瘍マーカーのCEAも2・0なので問題ありません」。説明にほっとした。

ほかには血小板の数が依然、基準値内に達せず、肝機能は一部が基準値を超える数値になっていたが、「抗がん剤を長く使った影響もあるでしょう。問題ある数値ではありません」。札幌への帰路は気持ちが軽かった。

5年間を思い起こすと、（1）11年6月、直腸がんと肝転移が判明。翌7月に直腸のがんを手術で切除（2）15年6月までに肝転移3回、肺転移を1回切除（3）抗がん剤治療は14年7月初めまで3年間続いた。

現在は抗がん剤の副作用で両足先にしびれが残るものの、1年余り体内にがんの塊は見つからず、健康状態は良好だ。

5年は暦では長いが闘病に懸命だったせいか、歳月の経過はあっという間だった。次は5年後の東京五輪翌年の21年、「75歳到達まで生きる」を目標に挑むと決めている。

96 再発予防は気力

■「負けない」一念こそ

今年の夏は妻が6月から2カ月半入院したり、私は初めて「毛虫皮膚炎」にかかって治療が長引いたりしてあわただしく過ぎた。

そんな中、妻の病状を心配しつつ自分のがん治療の通院で7月13日、長野県佐久市の水嶋クリニックへ1泊2日の一人旅で出かけた。最後の肺転移手術から1年余り。再発の兆しはなく、ウォーキングなどで体力がついてきた。今回は気晴らしを兼ねて思い切って成田空港と佐久市をレンタカーで往復した。

ルートは東京都心と近郊の交通渋滞を避けるため、遠回りだが茨城県、栃木県を通る高速道を選んだ。初めての道で、往復675キロをひたすら走った。一気にこれだけ走ったのは久しぶりだ。運転疲れより爽快な気分になった。

水嶋クリニックへの通院は4年半になる。主に東洋医学の治療を受けている。がん治療の主役はあくまでも西洋医学だが、がん抑制効果や免疫機能の維持のために漢方薬などに手助けしてもらっている。

この日はいつもの「丸山ワクチン」の接種や鍼灸治療のほか、免疫力検査の結果の説明があった。再発予防に免疫力と血流をもっと良くする必要があるとして、漢方薬は16種の薬草が17種に増えた。

帰路は、次回の通院まで飲用する90日分の生薬の大きな包みを抱えて帰った。

がんとの闘いはこの7月から6年目だ。思えば発症からの4年間に手術は計5回。直腸、虫垂、肝臓、肺から計13個も取った。今思うともぐらたたきみたいだ。

がんは「治療から5年以内に再発しなければ完治したとみなす」とされる。この先4年間再発しなければ治った可能性が高いということになる。

ここまでこられた要因は何だろう。「がんに負けない」という一念と、成し遂げようとする気力だったと思う。背を押したのが家族ら多くの人の励ましだ。

97 人生観変わった

■一つ一つ、いとおしい

「がんを患うと人生観が変わると言われるけど、何がどう変わるのだろうか」

5年前、病室に見舞いに来た知人からそう問われた。当時は肝転移の最初の開腹手術直後だったこともあり、何とも答えようがなかった。最近、ふとこの時のやりとりを思い出したので振り返ってみた。

人生観とは「人生をいかに生きるべきかの考え方」だと思う。人には個性がある。だから生きる目的や価値など考え方は違う。がん患者になるまでは、健康で仕事一筋。「がんになったら」なんて考えたこともなく、人生を享楽していた。

しかし、今は物事の一つ一つがいとおしい。がんが「死」を意識させて、人生観を変えてくれたせいだろう。

具体的な転機はやはり告知だ。

「肝転移しているので病期はもっとも進んだステージ4。継続的に抗がん剤療法ができた場合、2年生存率は50％」

末期ではなく進行がんだったので手術、抗がん剤治療が選択された。一時は「最悪なら2年以内に死ぬのか」と落ち込んだが、「何事も前向きに」とプラス思考に転じるよう努めた。

原発巣の直腸がんの切除後には主治医の船越医師がこう語った。「肝転移も切除すれば3～5年、あるいはもっと延命が可能です。大腸がんとは一生つき合っていくしかありません。人生観を含め今後の生き方を考えてみて下さい」と。

その頃には「残りの人生を無理なく楽しく生きる」と割り切っていた。心が浄化されて感性が研ぎ澄まされたのか、それからは、花の美しさや植物の生命力に感動し、がん治療に限らず頑張っている人の姿を見るとすぐ目頭が熱くなる。

今、思うのは「がんがあろうがなかろうが、命が尽きるのは天命だ。がんに向き合ってできるだけのことをしながら、毎日を素朴に生き生きと生活する」。70歳、古希を迎えた。この先も生きる希望に燃えて頑張りたい。

98 健康取り戻せた

■一般人並みの数値に

抗がん剤療法は止めてから約2年半が経過。がん摘出の最後は1年半前。画像検査で体内にがんの塊は見えない――。

自分の最新の病状だ。5年前の最悪の状態から治療に長い時間がかかったが、よくここまで回復できたと思う。

経過観察に3カ月ごとに通院する旭川厚生病院（旭川市）の検査結果は、一般人と変わらない健康状態を示している。

9月27日。がんの縮小や増大を知る目安の腫瘍マーカーも、抗がん剤の影響が残る血小板（血液を固まらせる役目）の数値も動きがなく問題なかった。

「CTの画像にも疑わしいものは映っていません。血液検査ではもう私より健康ですよ」。主治医の舩越医師が笑顔で強調してくれたのがうれしかった。とは言っても「再発しないか」という思いは残る。不安を打ち消そうと1年余り前から約50分のウォーキングを励行している。以前にいただいた小冊子に「運動はがんを予防する。特に大腸がんに予防効果がある」と記されていたからだ。

10月20日、東洋医学治療の長野県佐久市の水嶋クリニックへ3カ月ぶりに通院した。この旅には、くも膜下出血の入院治療を8月に終えた妻が同行した。病み上がり後の心身の癒やしになればと思い、レンタカーで回った。

主な目的は富士山観光。50年ほど前に訪れた山梨県の河口湖を再訪して1泊した。着いた日は地元の人が滅多にないという快晴。幸運だった。湖面越しの富士山の美しさに感動した。「富士スバルライン」で初めて5合目（標高2305メートル）まで登った。森林がなくなる高さなので展望は素晴らしかった。近くの「御庭」の遊歩道を歩いて噴石だらけの山肌にも触れた。

重い病気を2人で体験してから、なぜか富士山に引かれていた。広大な景色に魅了されながら健康を取り戻せた喜びを感じた。これまで支えてくれた多くの人からの贈り物だと感謝している。

99 がんと闘うコツ

■距離の取り方学んだ

がん治療の同時進行ルポを書いてもう満5年になる。連載の切り抜きを繰ると、がんと闘う長期戦の日々の記憶がよみがえってくる。

コラムは11年11月に始まった。直腸がん切除後、肝転移の手術ができるか否か瀬戸際だった。「記者だからこそ、この体験を書くべきですよ」。同僚から強く勧められた。迷ったが、説得に共感した妻が背を押した。書いてみると連載は心身に元気を取り戻す妙薬だった。

自分を取材して書くのだから、常に状況を俯瞰《ふかん》して客観的にがんと生きる自分をながめるようにした。治療や投薬、効果などは何でも記録した。血液検査の結果もしっかりもらった。漠然と心配するよりデータを見て安心したかったからだ。主治医の説明は、体調が悪いときは同席する妻がメモを作った。

がん関連の本は「死」を意識させられて、当初は見るのもいやだったが情報を得るため読み出した。「あるがままを認めるがあきらめない」決意や「がんに負けない生き方（人生観）」は執筆しながら自覚した。この心の改善が治療効果に大いに奏功したと思う。

妻は「がんになってから明るくなった」という。弱さをさらけだすうちに、がんとの距離の取り方がうまくなったようだ。

4回目の再発が不安だが、医療にばかり頼らず自分でも治す努力が必須だと思っている。そこで、再発予防は治癒力を信じて免疫力を保持するための「運動」を励行し、がんは冷えを好むので体を温めて「冷え防止」に努めている。食事は「玄米菜食」の徹底が効くというが、まだそこまで踏み切れない。

100 最終回

■主治医・舩越徹さんと語る

元朝日新聞記者の高橋賢司さん（70）が、5回にわたるがん手術や闘病の様子を記してきた「がんと生きる」が今回、100回目を迎えた。連載が一区切りとなるにあたり、主治医の舩越徹さん（41）と高橋さんが対談し、がん発見からこれまでの5年半を振り返りつつ、治療法や患者・家族・医師の思いなどについて語り合った。

■告知、原則するべきか　高橋さん／治療には「理解」必要　船越さん

高橋　5年前、告知された時は、がんの知識がなく一種の「死の宣告」だと思いました。告知は原則としてすべきものなのでしょうか。

船越　治療を進めるには、がんという現実を受け入れてもらうことが必要です。事実を隠したとしても、病気の進行や手術などの際にがんであることを隠し通すことは難しいと思います。患者さんが家族や医師を疑い信頼関係が悪化すれば、より不利益につながる可能性があります。状況によっては、段階を追って説明して最終的にははっきり理解してもらえるようにするなど、言い方には気を使っています。

高橋　私は告知してもらって良かった。周りも支えてくれ、「自分も頑張ろう」という気になった。告知されなければ、1人で落ち込んだりしたと思います。

船越　余命半年以内というような厳しい状況の場合、同じ告知の言い方は難しく、慎重な対応が必要となります。ただ、生きていくための治療手段が残されているのなら、

腹をくって頑張ってもらうことを考えて説明します。

高橋　1回目の手術（11年7月）の時は「（がんが大腸の外側に広がり、がん細胞がばらまかれたような）腹膜播種があれば、途中でやめるかもしれない」と言われたので、「もうダメなのか」と思いました。

舩越　手術前の評価だけでは100％の診断はわからないので、あらゆる可能性について説明しなくてはいけません。意味なく安易な安心を与えることは望ましくないと思っています。高橋さんの手術では、腹腔内にがん細胞がないかどうかを調べる検査で、ごくわずかですが悪性の細胞を認めました。腹膜播種のリスクを否定できなかったため、少し濁しながら「経過を見ながら判断しましょう」と言いました。楽観的にも悲観的にも言い切れませんので。

高橋　そう難しい手術ではなかったと？

舩越　直腸がん切除の手術としては、極端に難しいというわけではなかった。ですが、当時30台で外科医10年目ですから、高橋さんにしてみれば「若いじゃないか」と思ったでしょう。

高橋　縁みたいなもの。「この先生を」と頼んでも希望がかなうとは限りませんし、納得していました。

■標準外治療、考え方は　高橋さん／病状に応じ判断必要　船越さん

高橋　いわゆる「標準外治療」について多くの情報が紹介されています。医師としてどう考えますか。

船越　がんの種類や、本人がどう生きていきたいかにもよると思いますが、大腸がんに関し、標準的な治療を避けるというのはあまり望ましくないと思います。大腸のがんが大きくなると腸閉塞を来します。人工肛門や大腸ステントという手段もありますが、無治療で放っておくと、食事もとれず苦しんで、悲惨な結果になるかもしれません。

高橋　消化器系のがんは標準治療が望ましいということでしょうか。

船越　標準治療というのは、ある程度の安全性と確実性がある治療。一方、標準外治療は2通りあって、治療効果が本当にあるかどうかわからないものと、効果は明らかかもしれないけど、どういう患者さんに役立つかが不明確なものがある。だから、個々の患者さんの病状に応じた判断が必要になるのです。

高橋　抗がん剤治療を約3年続けました。副作用は我慢できる範囲で何とか耐えたんですが、抗がん剤は、がんを殺せるのですか。

船越　極論を言うと、完全に殺すことは困難です。体内で消滅したように見えても、根っことしてがん細胞が残っていることが多いです。

高橋　手術をしたら抗がん剤も…というのはセットなんでしょうか。

船越　進行度によります。例えば局所の大腸がんは切除したが、体内にがん細胞が残っている可能性がある場合は、再発リスクが高く、抗がん剤の効果が期待できます。しっかり取り切れて、それほどたちの悪いがんでなければ、あまりメリットはないかもしれません。期待する治療効果と体への負担のバランスを考えなくてはいけません。

高橋　「直近の手術から5年間再発しない」というのが目標です。まだ1年半ほどで不安はありますが、免疫力で治すことも考えないといけないので漢方薬などを使っています。抗がん剤との併用はどうなんでしょうか。

船越　どのような組み合わせが適切か明確ではないが、抗がん剤は体に負担をかけるので、免疫力が落ちすぎれば治るものも治らなくなる。体のコンディションを維持しながら積極的な治療を続けるためのよいサポートとなっていれば、併用して良かったんだと思います。

■克服へ家族の支えは　高橋さん／精神面に影響大きい　船越さん

高橋　患者と医師との関係をどう考えていますか。

船越　信頼というか、任せるというか。プレッシャーでもありますが、我々の頑張る原動力にもなりますから、そういう感覚を持ってもらえたらと思います。

高橋　がんを克服していくためには、患者にも家族の支えがないと難しいという面はありますか。

船越　かなりあると思います。精神面とか数値で計れないけど影響はあるんですよ。

高橋　最初はとにかく心情的にまいっていた。そんな時に「新聞記者なんだから書くべき」と同僚に言われて連載に踏み切ったのですが、先生はどう見ていましたか。

船越　正直戸惑いましたが、高橋さんにとって書くことがメリットになるかどうかで判断しました。僕が了承したのは、積極的に治療してほしいという高橋さんの意向がはっきりしていたこともありました。いきなりステージ4でがんが見つかって、仕事をしないで悪いことばかり考えるというのは良くない、とも思ったんです。

高橋　コラムを書くために「とにかく記録」から始まり、それが結果的に生きる力になり、方向を見いだせました。記録は自分でできる治療の一つかもしれません。

舩越　自分の置かれている状況について、情報を得て勉強してということが、病気への理解や治療につながったと思います。やるだけやった結果かどうかというのは、最後に納得できるかどうかにつながるんだと思います。

高橋　現在は経過観察の状態です。あと3年経てば治癒と言えますか。

舩越　厳格に言うのは難しいですが、直近の手術から1年半が過ぎ再発の兆しがなくきているので、あと3年ほど経てば大丈夫だと思います。

高橋　このままがんで死にたくない。がんでない病気で死にたい(笑)。これだけ頑張ったんだし。

おわりに

「がんと生きる」は朝日新聞の道内面に２０１１年11月から16年12月まで１００回に渡って連載した「大腸がん　ステージ４」患者のがん治療の同時進行ドキュメントです。５回の手術・治療の体験、医師・患者の関係、家族とのかかわり、そして自分の心の中に起こったことや体を守っていくために発見したことなどを書きました。

1〜10回は最初の手術後に書いた連載です。その後は転移・再発の手術や抗がん剤療法の合間に体調を見ながら、概ね1〜3カ月間隔で３本ずつ書きました。

重症のがん患者なので、しばらくはいつ症状が悪化して筆を折ることになるのかと不安でした。そんな中、多くの患者や読者らから温かい手紙やメール、集会への案内をいただき励まされました。「生きる力」になりました。心から感謝します。

さて、日本では２人に１人ががんに罹《かか》り、亡くなる人の３人に１人はがんです。その死亡数は人口の高齢化もあって年々増え、今は37万人超です。

もはや、がんはありふれた病気だと言う人もいます。しかし、いざ「がん」と診断されると、多くの人は不安や恐怖を感じるのではないでしょうか。一方、「がんは治る病気になった」とも言われています。自分の例からもそう思います。

でも、がんは診断の遅れや治療法の選択などを誤ると命を失いかねない病気です。怖がらずに早くから向き合う姿勢があれば、発症してもきっと治せます。

私のがんは2020年夏まで再発しなければ治癒とされるところまでこぎつけました。治療は西洋医学の標準治療を主に、東洋医学の漢方薬・鍼灸などを補助療法として続けています。また、自分でも治す努力をと、免疫力のアップにも取り組んでいます。2週間ごとの血行マッサージは体調管理に欠かせません。他はラジウム温泉での湯治や食事、ウオーキングなどです。どうやら目標の「がんとの共存」が実現できたように思います。

最後に、主治医の舩越徹医師には多くの手術・抗がん剤療法や術後の心の持ち方でも大変お世話になりました。東洋医学治療の水嶋丈雄医師には免疫力でがんに克てることを教えていただき助けられました。そして、何よりも治療の先行きが不安の中で、コラム連載を強く勧めてくれた元朝日新聞記者で同僚だった植村隆氏には心から感謝しています。執筆が、がんに負けない気力を育ててくれました。

出版にあたっては「財界さっぽろ」の鈴木正紀編集局長にご尽力いただきました。また、同誌上で連載のがん啓発コラム「ステージ4のがん記者が行く」でもお世話になっています。朝日新聞社はじめ多くのみなさまに深く感謝します。

2018年2月

高橋　賢司

高橋 賢司（たかはし・けんじ）

1946年生まれ。朝日新聞社の記者として北海道支社（札幌）の報道部（報道センター）で計4回、千歳、釧路、八戸（青森県）でも勤務し、岩見沢支局長で退職。1999年の北方領土・国後島の爺爺岳（ちゃちゃだけ）日ロ共同学術調査では企画・取材。

ざいさつアップル新書 009

がんと生きる

2018年3月1日　初版第1刷発行

著　者……………高橋 賢司
発行者……………舟本 秀男
発行所……………財界さっぽろ
〒064-8550　札幌市中央区南9条西1丁目1番15号
電話　011 - 521 - 5151（代表）
ホームページ http://www.zaikaisapporo.co.jp
印刷・製本………株式会社アイワード

© 朝日新聞社、高橋賢司 2018
※本書の全部または一部を複写（コピー）することは、
著作権法上の例外を除いて禁じられています。
※造本には十分注意をしていますが、万一、落丁乱丁
のある場合は小社販売係までお送りください。
送料小社負担でお取り替えいたします。
※定価はカバーに表示してあります。

ISBN978-4-87933-523-4